KB121214

로크미디어가
유혹하는
재미있는 세상

이것이 법이다

이것이 법이다 63

2019년 5월 21일 초판 1쇄 인쇄
2019년 5월 24일 초판 1쇄 발행

지은이 자카예프
발행인 이종주

기획 팀 이기헌 왕소현 박경무 이승제
책임 편집 최전경

발행처 (주)로크미디어
출판등록 2003년 3월 24일
주소 서울시 마포구 성암로 330 DMC첨단산업센터 3층 318호, 319호
Tel (02)3273-5135 **Fax** (02)3273-5134
홈페이지 rokmedia.com **E-mail** rokmedia@empas.com

ⓒ 자카예프, 2015

값 8,000원

ISBN 979-11-354-2246-1 (63권)
ISBN 979-11-255-9575-5 04810 (세트)

이것이 법이다

63

자카예프 장편소설

ROK
MEDIA

로크미디어

CONTENTS

아비를 아비라 부르지 못하면

"이…… 이……!"

임명학은 자신에게 날아온 새로운 소장을 보면서 부들부들 떨었다.

이미 합의 끝내고 치워 버린 녀석들까지 모조리 찾아내서 소송하라고 부추기고 있었기 때문이다.

"역시…… 새론이군요."

상대방 변호사는 그걸 보면서 고개를 흔들었다.

대충 일하지 않는다는 소문은 들었지만 이렇게까지 자신들을 갈아 마실 각오로 덤비는 줄은 생각도 하지 못했다.

"이거 합의했잖아!"

분노에 가득 차, 임명학은 변호사에게 악을 질러 댔다.

그러나 이건 변호사의 잘못이 아니었다.

"합의했다고 해도 속임수에 의한 합의는 효과가 없습니다. 특히 이런 양육비 청구 소송은요."

"뭐?"

"대부분이 잘 몰라서 후회만 하고 포기하지만, 법적으로는 이게 맞습니다. 합의라는 게 절대적인 위력을 발휘하진 않아서요."

"그러면…… 설마……?"

"죄다 양육비를 처음부터 다시 줘야 할 겁니다."

"이런 개 같은……. 씨팔! 그게 무슨 소리인지 알아!"

"압니다. 지금까지…… 소송해 드린 게…… 여섯 명이었지요?"

"으윽!"

소송을 해서 떨쳐 낸 것이 여섯 명이다.

그리고 이번이 일곱 번째.

"한 달에 300만 원씩만 해도 2,100만 원입니다. 그리고 그동안 주지 않은 것까지 일시불로 줘야 합니다."

"뭐라고?"

"심각하군요."

제일 나이 많은 아이가 현재 열 살이다.

한 달에 300만 원으로 잡아서 제공한다고 하면 1년에 3,600만 원. 그런데 열 살이니 3억 6천을 줘야 한다는 소리다.

물론 물가 변동에 따라서 조금 깎일 수는 있겠지만, 지금까지 속여서 지급하지 않은 것에 대한 위자료를 포함하면 더 늘면 늘었지 결코 줄어들지는 않을 것이다.

"후우, 후우……. 그러면…… 도대체 얼마나 되는 거야?"

"아무리 봐도…… 20억에서 30억 이상은 한 번에 나갈 겁니다. 거기에다가 매달 2,100만 원은 양육비로 나가야……."

"이런 개 같은 경우가 어디 있어?"

"이게 법입니다."

"으윽."

여자를 가지고 놀 때야 좋았다.

그런데 그 책임이 이렇게 한꺼번에 쏟아져 들어오자 정신을 차리지 못하고 휘청거릴 지경이었다.

물론 그 돈이 없지는 않다.

하지만 매달 2,100만 원이라면 자신이 월세로 받고 있는 돈의 대부분이다.

남아 봐야 300만 원에서 400만 원 정도일 뿐이다.

"그 돈으로 어떻게 살라고……."

허망한 표정으로 주저앉는 임명학.

지금까지 매일같이 펑펑 써 대도 돈은 쌓이고 쌓였다.

그런데 앞으로는 고작 300만 원 가지고 살아야 한다고? 하룻밤 술값밖에 되지 않는 돈이 아닌가?

"음…… 아무래도 다른 방법을 써야 할 것 같습니다."

"다른 방법?"

"가족분들과 이야기해 봐야겠습니다."

임명학은 눈을 찌푸릴 수밖에 없었다.

⚖️

"이게 무슨 말도 안 되는 소리야!"

임명학의 가족들은 어이가 없어서 입을 쩍 벌렸다.

"몇억을 줘야 한다고?"

"후우……."

"지금 장난해?"

임명학이 죽으면 그 돈은 자기들 것이 된다고 생각한 가족들은 임명학에게 잘 대해 줬다.

하지만 그 모든 것이 의미가 없어졌다는 말에 당혹감을 감추지 못했다.

"유전자 검사인지 뭔지를 안 하면 안 되는 거야?"

"안 될 겁니다. 일단 법원에서 명령이 내려왔는데 우리가 거부하면 그에 따른 이행강제금이 나올 겁니다."

"그깟 푼돈, 안 줘도 되잖아?"

"그게 모두에게 나올 겁니다."

"뭐?"

"노형진이라는 상대 변호사가, 임명학 씨 본인뿐만 아니라 형제와 부모님에게도 유전자 제공을 요청했습니다."

"크윽."

임명학은 성공해서 돈이 있지만 다른 사람들은 그렇게 돈이 많지 않다.

당연히 그 이행강제금을 낼 돈이 없다.

"설사 낸다고 해도 법원에서 직권으로 친자로 인정할 수도 있고요."

"뭐라고요?"

"진짜 자식이 아니라면 검사를 거부할 이유가 없지 않습니까?"

"끄응……."

결국 친자 확인과 인지를 피할 수 있는 방법이 없다는 소리다.

"그러면 어쩌지?"

"재산을 빼앗기지 않으려면 다른 사람 명의로 돌려야지요."

"다른 사람 명의로?"

"네. 그래서 여러분들에게 모여 달라고 한 겁니다."

친척들의 얼굴에 탐욕이 흘렀다.

명의를 바꾼다는 것. 그건 결국 다른 친척들의 이름으로 돌린다는 소리였다.

"으음……."

물론 임명학은 상당히 마음에 들지 않는 눈치였다.

하지만 어쩔 수가 없었다. 이대로 있으면 살아 있을 때는 물론 죽어서도 돈을 빼앗길 테니까.

"젠장, 망할 년들."

자신에게 들러붙어서 즐길 때는 언제고 이제 와서 돈을 달라고 매달리는 여자들을 임명학은 당장이라도 때려죽이고 싶었다.

하지만 이제 와서 그래 봤자 보복 폭행으로 더 가중처벌 받는다고 해서 참는 것일 뿐이다.

"물론 그냥 명의를 넘기지는 않을 겁니다. 이중 계약을 해야지요."

"이중 계약?"

"그래야 하지 않겠습니까?"

"으음……."

친척들은 약간 고민하는 눈치였다.

하지만 임명학의 말에 결국 마음을 굳혔다.

"어차피 그 연놈들한테 줄 생각 없어. 나 죽으면 너희 돈이야. 그냥 나 살아생전에 거기서 나오는 월세나 나한테 주면 되는 거야."

"그거야……."

어려운 일은 아니다.

그 돈 없어도 지금까지 잘 먹고살아 왔으니까.

"이대로 그냥 빼앗길 수는 없지 않습니까?"

변호사도 동참해서 설득하자 다들 결국 그 말에 넘어갔다.

이것이 법이다

"망할 연놈들, 내가 땡전 한 푼이라도 줄 줄 알아?"

임명학의 눈에서는 감출 수 없는 탐욕이 흐르고 있었다.

⚖️

"어?"

노형진은 의자에 누운 채 심드렁하게 고개를 돌렸다.

"건물 명의가 바뀌었어!"

"그래?"

"'그래?'가 아냐! 그 녀석이 명의를 모조리 돌려놨다고!"

임명학이 명의를 돌린 사실을 알아내는 것은 어려운 일이 아니었다.

당연히 새론과 노형진에게 전해졌고, 그 사실을 안 손채림은 발끈해서 펄펄 뛰었다.

"아오, 이 개새끼!"

"어, 그렇구나."

"'그렇구나.'라니! 내 말 안 들려? 그 새끼가 명의를 다 돌려서 받아 올 게 없다고!"

"그래?"

노형진은 시큰둥하게 말하면서 자세를 바로 했다.

그런 천하태평한 노형진의 행동에 손채림은 어이가 없었다.

"아니, 이렇게 태평스러우면 어떻게 해!"

"어쩌긴. 예상대로인데, 뭐."

"뭐?"

"예상대로라고. 저들은 딱 내가 원한 대로 움직여 줬어."

손채림은 입을 쩍 벌렸다.

"뭐? 원한 대로?"

"그래. 내가 왜 인지 소송부터 했는데?"

"그거야……."

"인지 소송과 양육비 청구 소송은 명백하게 다르다고 했잖아."

양육비 청구 소송은 지금 가진 재산에 기초해, 그에 맞는 양육비를 청구하는 셈이다.

하지만 인지 소송은 그 사람을 사실상 가문에 받아들이는 셈이 된다.

"그러면 그들이 가지고 간다고 해도 받아 올 수 있다는 거야?"

"아니. 엄밀하게 말하면 남의 재산이니까 그건 안 되지."

"그러면 어째서……!"

"그거야, 저쪽에서 저렇게 움직여야 그 재산을 지키니까."

"저들이?"

"아니, 우리가."

"그게 무슨 말이야?"

도무지 이해가 가지 않아 괴로워하던 손채림은 결국 맞은편에 앉아 탁자를 탁탁 두들기며 노형진을 닦달했다.

"말을 좀 해 봐."

"전에 말했다시피 인지 청구 소송의 기본은 미래의 재산에 대한 상속권을 요구하는 거야. 양육비랑 다르게."

"그래서?"

"그러면 저쪽은 어떻게 대응할까?"

"뭘 물어보고 있어? 이미 대응했잖아!"

건물의 명의를 다른 사람에게 돌림으로써 그 재산을 빼돌린 것이다.

이쪽에 돈을 주지 않을 목적으로 말이다.

"그런데 그는 단순하게 생각한 거야. 뭐, 좋은 방법이기는 하지만 말이야."

"응?"

"기본적으로 재산 싸움을 할 때 그 재산을 빼돌리는 행위는 불법이거든."

"불법?"

"그래. 원천 무효야. 저쪽은 아니라고 주장하겠지만."

싸워 봐야 하겠지만, 상황이 상황인 만큼 재산을 빼돌린 걸로 인정될 것이다.

그러니 그 재산을 토해 내야 할 테고.

"그러면 그들이 뻘짓을 한 거라는 소리야?"

"뭐, 뻘짓을 했다면 한 거지."

어깨를 으쓱하는 노형진.

"그럼 왜 그들이 그렇게 움직이기를 원한 건데?"

"간단해. 한 번의 시도는 사례가 된다."

"뭐?"

"저쪽에서 재산을 빼돌리려는 시도를 했어. 그리고 우리가 재판부에 그걸 주장하면?"

"서, 설마……."

"재산권 행사에 제한이 걸리지."

노형진의 계획을 들은 손채림은 입을 쩍 벌렸다.

노형진은 애초부터 임명학이 재산을 빼돌리려 할 거라는 걸 알고 있었다.

누가 봐도 그걸 빼돌리는 것이 정상적인 반응이니까.

"그냥 놔뒀다면 천천히 그리고 조용히, 몰래 빼돌렸겠지."

그걸 자신들이 감시하는 데 한계도 있고, 또 그게 정당한 재산 관리 절차인지 아니면 처분의 과정인지를 입증하는 건 상당히 힘든 일이다.

"그래서 도발한 거였어?"

"그래."

친척들까지 끼워 넣고 당장이라도 재산을 빼앗을 것처럼 구니 그들은 다급하게 재산을 빼돌리려고 할 수밖에 없다.

상대방 변호사 역시 그걸 생각한 거고.

"이제 그의 관리 권한에 당당하게 제동을 걸 수 있게 된 거야."

"으음……."

손채림은 살짝 놀랐다.

진작부터 그들이 노형진의 손에서 놀아나고 있었다니.

"그런데 그렇게 한다고 해서 뭐가 바뀌어? 그런다고 해서 재산을 통제할 권한을 빼앗을 수는 없잖아."

"그렇지. 하지만 다음 재판에 들고나갈 증거가 있잖아."

"증거? 아하!"

한번 재산을 빼돌린 전적이 있으니 임명학이 재산을 처분하려는 행동을 할 때마다 그 과거의 사건을 증거로 들이밀면서 계약하지 못하도록 파투를 낼 수가 있다.

"추가 구매가 아니라 판매라면, 판례가 있는 이상 임명학이 마음대로 팔 수가 없어."

설사 판다고 해도 그 금액에 대해 재산 분할을 요구할 수도 있다.

"그러면 애초에 그럴 목적으로……."

"그래. 단순히 양육비 권리만 받아 오면 임명학이 재산을 처분해도 우리 쪽에서 주장할 수 있는 게 없거든."

하지만 인지 청구 소송을 통해 상속권을 확보한 후 그의 과거의 행동을 문제 삼아서 모든 금전적 활동에 태클을 걸면 그는 사실상 건물을 처분해 현금화하는 것이 불가능해진다.

"현금화한다고 해도 그걸 빼앗아 올 수 있는 충분한 명분이 될 테고."

손채림은 여기까지 듣고도 다소 걱정스러운 부분이 있었다.

"그런데 이게 불법이라는 걸 어떻게 증명할 거야? 사실 증명을 해야 무효가 되는 거 아니야?"

"이면 계약이 있을 테니까."

"이면 계약?"

"그래. 상대방 변호사도 바보는 아니야. 까딱 잘못하면 재산을 모조리 빼앗길 양도를 그렇게 쉽게 하겠어?"

분명히 그걸 막기 위해 나름대로 머리를 썼을 것이다.

그리고 그건 소위 말하는 이면 계약일 가능성이 높다.

"음…… 이면 계약이라…….

"그래. 그걸 찾으면 되는 거야."

"하지만 그걸 줄까?"

"주지는 않겠지. 하지만 꺼내게 만들면 되는 거야."

노형진은 씩, 미소를 지었다.

얼마 후 임명학의 친척들은 어마어마한 세금을 두들겨 맞았다.

하지만 그걸로 끝이 아니었다.

"세무조사 나왔습니다."

영장을 꺼내 들고 당당하게 말하는 세무 공무원들 앞에서 친척들은 당황했다.

"어…… 어쩌서요?"

"어쩌서라니요? 증여세를 안 내셨잖습니까?"

"네?"

"증여세를 내신 기록이 없으시던데."

"하지만……."

다들 입을 꾸욱 다물었다.

증여에 관한 문제에 대해서는 변호사가 다 알아서 한다고 했다. 그래서 편법으로 증여한 것으로 알고 있었다.

그런데 갑자기 증여세를 내라며 날아온 것이다.

"탈세액이 어마어마하던데요?"

세무 공무원은 피식 웃으며 말했다.

"탈세액이 무려 20억이 넘으니 원, 도대체 무슨 깡인지."

영장을 가진 직원은 서류를 비롯한 모든 것을 챙기기 시작했다.

"잠깐만요! 이런 이야기는 없었다고요!"

"이야기가 없었다고 해서 내지 않아도 되는 건 아닙니다. 애초에 신고했으면 이런 식으로는 안 되지요. 하지만 신고하지 않으셨잖아요."

어깨를 으쓱한 공무원.

그 뒤에서는 다른 직원들이 집안과 사무실에 있는 서류란 서류는 모조리 챙기고 있었다.

"억울하시면 행정심판을 거세요. 저희는 조사하면 되는

거니까. 그리고 재산에 대해 압류도 진행하겠습니다.”

“어억!”

사실 임명학이야 성공한 사람으로 상당한 돈을 가지고 있지만 다른 사람들은 그렇지 못하다.

한데 내야 하는 돈은 무려 1인당 세금이 20억.

전 재산을 다 털어도 내지 못하는 돈이다.

“하지만……!”

어떻게 해서든 항변하려고 하는 그들에게 공무원은 더 무서운 소리를 했다.

말 그대로 하늘이 무너지는 소리였다.

“탈세 시도를 하셨으니 50%가 더 나올 겁니다. 거기에다가 과징금도 나올 테구요. 아마 형사 고발도 들어갈 겁니다. 20억 탈세 시도인 만큼 구속될 수도 있겠네요.”

“네?”

“어억!”

“여…… 여보!”

20억도 많아 죽겠는데 그걸 훌쩍 넘는 돈을 내야 한다는 소리에 남자는 뒤로 고꾸라졌다.

가족들은 그런 그에게 매달렸지만 공무원들은 기계적으로 움직일 뿐이었다.

“저 서랍도 뒤져! 종이 한 장 놓치지 마라!”

"불쌍해라."

구급차로 실려 가는 사람들을 보면서 손채림은 혀를 내둘렀다.

"세무조사라니."

"세무조사를 제대로 안 해서 그렇지, 제대로 하면 엄청 무서워."

오죽하면 정치인들이 기업인들을 협박할 때 가장 많이 쓰는 방법이 세무조사겠는가?

"그런데 어떻게 한 거야?"

"당연한 거니까. 임명학은 돈이 아까워서 명의를 다른 사람 앞으로 돌렸어. 그런 녀석이 제대로 세금을 냈을까?"

"그래서 네가 신고한 거구나."

"그래."

상황을 봐서는 충분히 신고할 만한 대상이다.

거기에다 노형진이 적당한 백을 움직이자 본격적인 수사에 들어간 것이다.

"일반적으로 세금은 30% 정도니까 수십억을 내놔야 하지. 그런데 말이야, 그걸 저들이 내놓을 방법이 없거든."

"하지만 건물이 있잖아."

"그게 문제야. 건물이 있으니 그걸 담보로 잡아서 내놓으면 되기야 하겠지. 문제는 그 건물이 자기 물건이 아닐 거라는 거야."

이면 계약을 했을 게 뻔하니 그걸 담보로 잡기 위해서는 임명학의 동의가 필요하다.

문제는 임명학이 그에 동의해 줄 리 없다는 거다.

"아마도 임명학은 자기가 죽으면 그 건물을 가지라면서 꼬셨을 거야."

자신이라도 그런 선택을 할 테니까.

"하지만 정작 그때까지 먹고살 수 없는 문제가 터진다면 상황은 돌변하게 되지."

있는 돈은 모조리 털리고 재산은 건물뿐이다.

그런데 그 건물에서 나오는 돈은 죄다 임명학이 가지고 가게 된다.

"그러면 그들은 어떤 선택을 할까?"

노형진은 씩 웃으며 시동을 걸었다.

"자, 우리의 새로운 고객님들을 만나 보자고."

"주택이 다 압류되셨다고요?"

"……"

"생계유지가 사실상 불가능하다고 들었습니다."

노형진이 임명학의 친척들을 만나러 갔을 때, 그들은 혼이 나간 얼굴이 되어 있었다.

이렇게 당혹스러운 일은 처음이었으니까.

"여러분들은 당하신 겁니다."

노형진은 미소를 지으며 말했다.

그러자 다들 고개를 들어서 노형진을 바라보았다.

"애초에 이 건물들을 여러분 명의로 돌린 건 임명학이 돈을 빼앗기지 않기 위해서였지요. 안 그런가요?"

"……"

"하지만 그 와중에 그쪽에서 말해 주지 않은 게 있네요."

"뭐라고요?"

말해 주지 않은 게 있다는 소리에 그들은 귀를 쫑긋 세웠다.

물론 그들은 노형진이 임명학이 사고를 친 여자들을 위해 싸우는 변호사라는 건 알고 있다.

그러나 상황이 상황이다 보니 임명학이 거짓말을 했을 거라는 의심이 너무 강했다.

'미안하지만 말이야, 흐흐흐.'

사실 임명학과 그 변호사는 편법 증여를 통해 깔끔하게 일을 처리했다.

복잡하게 흔적이 남아 봐야 유리할 게 없으니까.

하지만 노형진은 이미 그걸 예상하고 그들이 탈세를 했다는 적당한 증거를 수집한 후였다.

그러니 그들이 아무리 깔끔하게 했다고 해도 고발하는 데 아무런 지장도 없었던 것이다.

물론 임명학은 그걸 모르겠지만.

"이 양도는 기본적으로 불법입니다."

"뭐라고요? 불법?"

"네."

"이걸 양도받은 게 도대체 왜 불법이라는 겁니까?"

"재산 분할을 이유로 싸우는 상황에서 재산을 빼돌리는 행위는 법적으로 무효입니다. 그러니 여러분들이 재산을 가지고 갔다고 한들 그 계약은 원천 무효니까 그 재산은 우리에게 돌아오게 되어 있습니다."

"그, 그게 사실입니까!"

"사실입니다. 물론 선의의 제삼자라는 조항으로 벗어날 수도 있겠지만, 여러분들은 선의의 제삼자가 아니잖습니까?"

"……."

친척들은 말문이 턱 막혔다.

선의의 제삼자가 되기 위해서는 명확한 기록이 남아 있어야 한다.

가령 자신들이 임명학에게 건물을 샀다는 기록 같은 것 말이다.

하지만 그러지 못해 양도세로 폭탄을 맞은 상황이다 보니 선의의 제삼자가 될 수가 없는 것이다.

"결국 여러분들은 세금은 세금대로 내고 건물은 건물대로 빼앗길 겁니다."

"뭐요?"

"물론 그 세금을 돌려 달라고 할 수는 있겠지요. 하지만 본인이 선택한 양도인 만큼, 과연 소송에서 이길 수 있을까요?"

말문이 턱 막힌 사람들은 혼이 나간 듯 멍해졌다.

그러니까, 자신들은 돈은 돈대로 빼앗기고 빌딩은 빌딩대로 가질 수 없다는 소리가 아닌가?

"억울하겠지만 그게 현실입니다. 제 말은 믿기 힘드시다면 어떤 변호사든 만나서 물어보세요. 같은 말을 할 겁니다."

"크윽……."

노형진의 확답에 절망한 듯 고개를 숙이는 친척들.

'미안하지만 이게 현실이지.'

신고가 안 들어갔다면 모를까, 신고가 들어갔다면 저들로서는 지금 상황을 피할 수 있는 방법이 없다.

"그러면…… 우리는 망하는 겁니까?"

전 재산을 빼앗길 상황에서 그들이 할 수 있는 건 없어 보였다.

물론 방법이 없다면 노형진이 여기에 오지도 않았다.

"방법은 있지요. 자수하시는 겁니다."

"자수?"

"네. 자수하면 이건 세법의 문제가 아니라 형법의 문제로 넘어가거든요."

그리고 그로 인해 부여된 세금은 다시 취소될 것이다.

왜냐하면 명의가 원상 복귀될 테니까.

"물론 그 과정에서 처벌이 나올 겁니다. 하지만 자수한 점도 정상참작이 될 테니 벌금이 잘해 봐야 1천만 원 정도나 나올 테지요. 이런 범죄에 대해 자수까지 했는데 실형이 나올 가능성은 낮을 거고요."

"……."

"여러분들의 선택입니다. 자수해서 여러분들의 재산을 지키고 벌금을 조금 내고 말 것이냐, 아니면 입 다물고 있다가 전 재산을 빼앗기고 길거리로 나앉을 것이냐."

"……."

이미 답이 나와 있는 상황이지만 다들 눈치만 살폈다.

"고민이 되신다면, 이렇게 하는 건 어떨까요?"

"어떤?"

노형진은 망설이는 그들에게 슬쩍 떡밥을 던졌다.

"여러분들이 임명학 씨의 자녀들을 돕는 거죠."

"네?"

"어차피 임명학은 건물을 빼돌리려고 했습니다. 당연히 그걸 감안해서 재산 행사에 제한을 걸 겁니다. 당연히 여러분들은 이제부터 임명학에게서 땡전 한 푼도 받지 못합니다."

"허억!"

"어쩔 수 없어요. 법이 그러니까."

노형진은 어깨를 으쓱했다.

"하지만 여러분들이 자녀분들을 도와준다면 상황이 좀 달라지겠지요."

"달라진다고요?"

"네. 임명학이 죽은 후를 생각해 봅시다. 그러면 그 재산은 결국 자녀들이 갖게 될 겁니다. 사실 그 자녀들은 나이가 어려요. 그리고 세상을 모르죠. 그런 애들이 자기들을 잘 대해 준 친척들을 어떻게 생각할까요?"

다들 이해가 가지 않는 듯 어리둥절한 표정이 되었다.

"우리보고 어쩌라는 겁니까?"

"여러분들이 이쪽에 붙어서 아이들을 가문의 사람으로 인정하는 거죠."

"뭐라고요?"

"어차피 임명학은 개털 됩니다. 그리고 그가 죽고 나면 그 재산은 아이들에게 가요."

다들 침을 꿀꺽 삼켰다.

"아이들을 가문의 사람으로 받아들이면 그 돈은 가문의 돈이 됩니다. 아마도 여러분이 잘해 준 만큼 그 아이들도 여러분들의 자손에게 잘해 줄 겁니다. 사실 그렇지 않습니까? 그렇게 버려진 아이들에게 잘해 준 건데, 어떻게 은혜를 잊겠어요?"

"……."

"그에 반해 임명학은 여러분에게 막대한 빚을 남길 겁니다."

"크흠……."

"여러분들이 이쪽에 붙어서 그가 재산을 집행하는 걸 방해할
수록 점점 여러분들이 추후에 받을 혜택이 늘어나는 거지요."

노형진은 싱글거리면서 웃고 있었지만 그 내용은 절대로
웃을 만한 것이 아니었다.

"하지만 거절하신다면 어쩔 수 없구요."

노형진은 어깨를 으쓱하면서 일어났다.

"여러분도 아시다시피 우리는 손해 볼 게 없거든요."

"으음……."

친척들은 신음 소리를 냈다.

하지만 그들이 선택할 카드는 하나뿐이었다.

⚖

"이게…… 무슨……! 이거 놔!"

임명학은 경찰에게 끌려가면서 발버둥을 쳤다.

하지만 경찰들은 그를 풀어 줄 생각이 없었다.

"사기꾼은 사기꾼답게 조용히 가자고!"

"내가 언제 사기를 쳤다는 거야! 이거 놓으라고!"

그는 발악했지만 경찰은 코웃음을 쳤다.

이것이 법이다

"이미 공범들은 모두 자수했어."

"뭐?"

"자식을 싸질렀으면 책임져야지. 그게 싫어서 재산을 빼돌려?"

임명학은 얼굴이 사색이 되었다.

"그게 무슨 말이야!"

"무슨 말은, 공범들은 다 자수했다고."

"자…… 잠깐! 그게 무슨…… 억!"

한마디라도 더 들어 보려고 하던 그는 결국 경찰차의 지붕에 부딪히면서 강제로 태워졌다.

"아까도 말했잖아, 궁금한 게 있으면 변호사한테 물어보라고."

"선배, 이 새끼 아무래도 발뺌하는 거 아니에요? 사기꾼들이 종종 그러잖아요. 아, 그렇지. 야, 녹음해라. 지금부터 미란다 원칙을 다시 고지할게. 너는 변호사를 선임할 수 있으며……."

질질 끌려가는 임명학을 보면서 노형진은 싱긋 웃었다.

"결국 이렇게 되네."

그가 재산을 빼돌리려고 했다는 점과 친척들에게 사기를 치려고 했던 점이 인정되면서 구속영장이 나왔다. 그리고 이제는 끌려가는 처지가 되어 버렸다.

"뭐, 소송은 그가 구치소에 있어도 제대로 진행될 거야."

필요한 것은 유전자뿐이다.

그리고 그가 구치소에 있으니 그 유전자를 얻어 내는 것은 어려운 일도 아니다.

설사 그가 주지 않는다 해도 다른 친척들은 기꺼이 유전자를 제공하겠다고 했다.

"그런데 그러면 아이들에게 너무 손해를 보게 하는 거 아냐?"

"어떤 거?"

"나중에 저 인간들을 챙겨 줘야 하잖아. 내가 보기에는 다 그놈들이 그놈들인데."

"아아."

노형진은 손채림이 무슨 말을 하려고 하는지 알아채고는 고개를 저었다.

"그거야 미래의 문제잖아."

"응?"

"내가 한 약속은 약속으로서의 권한이 없어. 난 그 부모들의 대리인이지 그 아이들의 대리인이 아니거든."

"설마……."

"그래. 아이들이 나중에 지키지 않는다 해도 방법이 없는 거지."

"헐."

전혀 예상하지 못했다는 표정이 되는 손채림이었다.

그러고 보니 노형진을 고용한 것은 그들의 엄마들이지 아이들 본인이 아니었다.

노형진이 그렇게 말하자 옆에 있던 소아진의 표정은 묘해졌다.

설마 변호사가 사기를 칠 줄은 몰랐던 것이다.

"하지만 부모가 그 대리인이잖아요? 그 대리권을 가지고 변호사님을 선임한 거 아니에요?"

"그렇지요."

"그러면 지켜야 하는 약속 아닌가요?"

"다 지켜야 하는 건 아니에요."

"네?"

"대리권으로 뭐든 할 수 있다면, 부모가 물려받은 재산을 다 처분하고 튀어도 답이 없겠요?"

"그러면?"

"대리인이라고 할지라도 본인에게 피해가 가는 대리행위는 결과적으로 무효입니다."

"네?"

"가령 이런 경우가 있을 수가 있지요."

자신의 변론을 맡기기 위해 변호사를 샀는데 그 변호사가 상대방과 짜고 패배하기 위해 저쪽에 유리한 행위를 하면서 제대로 싸우지 않는다면, 결과적으로 대리를 맡긴 사람에게 피해가 가게 된다.

그런 경우 그 대리권은 원천 무효가 된다.

"저쪽에서는 미래의 불확실한 뭔가를 기대하고 있겠지만

그거 지켜도 그만, 안 지켜도 그만이에요."

어깨를 으쓱하는 노형진.

그런 노형진의 말에 소아진은 입을 쩍 벌렸다.

그리고 손채림은 그 말에 고개를 갸웃했다.

거기까지는 이해가 가는데 왜 굳이 가문에 들어가려고 했던 것일까?

"그러면 도대체 왜 가문에서 인정받아야 한다고 한 거야? 단순히 유전자 검사 때문에?"

"아니."

"그러면?"

"그 애들 할아버지, 돈 많더라."

"응?"

순간 어리둥절했던 사람들은 곧 깜짝 놀랐다.

설마 그 부분까지 감안하고 있을 줄이야.

"나중에 할아버지가 돌아가시면, 가문에서 인정했으니 상속권을 다툴 수 있지. 얼마나 나올지는 모르지만."

"헐!"

"그때 가서 다른 친척들이 부정한다고 해도 부정될 리 없잖아."

그리고 그때 싸우게 되면 사이가 틀어져서 아마도 왕래는 거의 끊어질 것이다.

그러면 먼 미래에 도와줄 의무 따위는 없다.

"악착같이 뜯어먹는구나."

"당연하지. 자식을 낳는다는 행위는 단순한 생식행동이 아니야. 가문을 이어 가고 그 모든 걸 공유하고 책임을 진다는 거지."

그리고 그걸 모른 척하는 집안의 재산 따위, 노형진은 관심도 없었다.

"아마 재판이 끝나면 한 집당 못해도 매달 400만 원은 나갈 거야. 살아가기에는 충분한 돈이지."

"일단 하나는 끝난 건가?"

"하나는 끝났지. 하지만 저런 새끼들은 아직 많이 남아 있어. 이참에 아예 박멸해 버려야지."

"또?"

"그래."

노형진은 어깨를 으쓱했다.

"아랫도리를 잘못 돌린 대가는 비싸다고, 후후후."

결혼한 것도 아니고,
안 한 것도 아니고

"사실혼으로 갈 겁니다."

"사실혼요?"

"네."

노형진이 이번에 해결하려는 건 같이 살기는 했지만 아이가 생기지 않은 경우였다.

"아이가 생기면 양육비니 친자 관계니 해서 싸울 수 있는 게 많지요. 하지만 아이가 생기지 않는 경우가 문제죠."

아이가 생기지 않는 경우, 그 책임을 져야 하는 사람이 빠져나갈 구멍이 너무 많다.

"그래서 사실혼을 주장할 생각입니다."

"사실혼?"

"네."

사실혼은 혼인신고를 하지 않은 상태에서도 실질적으로 혼인 관계가 유지된다는 것을 인정하면 그 기간에 이루어진 행위를 결혼과 동일시하는 제도이다.

"물론 양육비를 받아 내고 상속을 받아 내는 것보다는 좀 약하기는 하지만요."

사실혼은 기본적으로 상속을 제외하고는 법률혼과 동일하게 적용된다.

"그럼 그걸 인정받으면 뭐가 좋은 거죠?"

"이혼소송과 비슷한 효과를 발휘할 겁니다."

"네? 하지만 이혼이 아니잖아요."

"그렇지요. 법률적으로는요."

이혼이라는 것은 혼인 관계를 끝내는 법률적 절차다.

하지만 사실혼은 법률적 관계가 없다.

"그래서 이혼소송이 아닌 위자료 청구 소송이 기본입니다. 그리고 재산 분할 소송도요."

"그게 가능해요?"

"가능합니다."

혼인 관계 중 이루어진 재산에 대해서는 여자 측에도 권리가 있기 때문이다.

"물론 기간이 어느 정도 되야 한다는 점이 문제이지만요. 한 3년 정도 되면 되겠는데요?"

"그 정도면……."

소아진은 잠깐 생각하다가 '짝' 소리가 나게 손뼉을 쳤다.

"내가 아는 사람이 있어요. 그 사람들 말고도 더 찾아보면 더 있을 거예요."

그녀의 말에 따르면, 고아원에서 나온 열아홉 살부터 스물네 살까지 함께 살았다고 한다.

그동안 집에서 가사를 돌보면서 뒷바라지를 했는데, 어느 날 다짜고짜 쫓아내고는 다른 여자를 고아원에서 데리고 왔다는 것이다.

"와……."

"더러운 놈이네."

손채림은 구역질이 난다는 얼굴이 되었다.

5년이나 같이 살았으면서 다른 젊은 여자를 데리고 오다니.

"그러면 그 여자는요?"

"네?"

"그 남자가 데리고 온 새로운 여자 말입니다. 그 사람에게 말해 봤대요?"

"말해 보려고 했지만 이미 집을 빼고 어디론가 사라졌대요."

"쯧쯧."

노형진은 혀를 끌끌 찼다.

보아하니 애초부터 이럴 작정이었던 모양이다.

"그 녀석은 멀쩡한 직장에 다니는 놈이겠네요?"

"네. 대기업에 다니고 있어요."

"하아……."

노형진은 한숨이 나왔다.

너무나 예상되는 상황이었기 때문이다.

'자신을 위해 희생한다고 생각했겠지.'

사실 대기업에 다니는 사람을 만나려고 하는 여자는 많다. 안정적이고 수입이 많으니까.

그러니 자신을 선택해 준 것에 대해 감사했을 것이다.

"혼인신고를 하자고 하지는 않았나요?"

"한 걸로 알고 있었대요."

"끄응……."

세상을 잘 모르니까 그가 했다고 하면 그 말을 믿었을 것이다.

물론 그 와중에도 그는 다른 여자를 고르고 있었을 테고.

"그러면 재산을 분할할 수 있는 거야?"

"그렇지."

"하지만 어째서? 여자는 거기에 가서 살았을 뿐이잖아?"

노형진은 손가락을 흔들었다.

"세상에는 기여분이라는 게 있기 마련이거든."

"기여분?"

"재판장님! 조규헌은 원고 한소양에게 돈을 주고 재산을 분할해야 할 이유가 없습니다!"

상대방 변호사는 노형진을 보면서 격하게 외쳤다.

노형진은 옆에 앉아 있는 한소양을 바라보고는 천천히 반격을 시작했다.

어차피 순순히 줄 거라고는 생각도 하지 않았다.

"피고가 재산을 내놓아야 하는 이유는, 피해자이자 원고인 한소양은 피고와 사실혼 관계였기 때문이지요."

벌떡 일어나서 소리를 지르는 조규헌.

"뭔 개소리야! 우리는 동거한 거야, 동거!"

노형진은 그 말을 들으면서 속에서 구역질이 올라왔다.

'역시 알고 있었군.'

사실혼이라는 것은 동거와 외부적으로는 비슷하게 보인다.

하지만 동거와 사실혼은 엄연하게 다른 것이다.

그리고 그는 동거라는 말로 자신의 책임을 벗어나려고 하고 있었다.

"피고, 소리 지르지 마세요. 여기는 신성한 법정입니다."

"하지만 재판장님!"

"피고, 경고합니다."

그러자 변호사가 그를 쿡 찔렀고, 조규헌은 어쩔 수 없다는 듯 자리에 주저앉았다.

그제야 조규헌의 변호사는 의뢰인을 위해 변론을 시작했다.

"재판장님, 한소양과 조규헌이 같이 살았다는 사실을 부정하지는 않습니다. 하지만 한소양과 조규헌은 부부로서 생활하지 않았습니다. 그들은 동거 관계에 있었을 뿐이고, 그 동거 관계가 정리됨으로써 따로 나가 살았던 것뿐입니다."

동거와 사실혼은 미묘하게 다르다.

모든 것이 비슷하지만 결혼의 의사 없이 함께 사느냐와 결혼의 의사가 있어서 함께 사느냐가 두 가지를 구분하는 관건이 된다.

재산이나 성적인 부분을 포함해서 거의 비슷하지만 결혼의 의사가 없다는 점에서, 결국 서로가 갈라선다고 해도 한쪽에게 그 책임을 지게 할 수 없는 것이 바로 동거다.

'그리고 동거를 주장한다는 것은……'

애초에 조규헌이 그러한 규정을 알고 있었다는 뜻이다.

"재판장님, 원고의 주장대로라면 조규헌은 한소양과 혼인신고를 할 충분한 기회가 있었습니다. 그리고 원고 한소양 역시 피고 조규헌에게 혼인신고를 요구할 시간이 충분했습니다. 무려 5년이나 같이 살았으니까요. 하지만 원고는 한 번도 그러한 요구를 한 적이 없습니다."

"그거야 피고가 원고에게 혼인신고가 되어 있다고 거짓말을 했으니까요."

이것이 법이다

"그렇게 단순한 삶을 산다는 게 말이나 됩니까? 동사무소에 가면 관련 서류를 다 떼어 주는데?"

'그게 힘들다는 거지.'

같이 살아가는 사람을, 그것도 자신을 사랑한다고 생각하는 사람을 의심하고 서류를 떼러 다니는 것은 쉽지 않다.

만일 같이 사는 부부 사이에서 그렇게 의심하기가 쉬웠다면 아마 대부분의 부부는 이혼할 수밖에 없으리라.

"원고는 19세에 고아원을 나왔습니다. 그 후에 바로 피고를 만났고, 사회적인 경험을 쌓거나 할 기회를 사실상 박탈당했습니다. 그러니 그녀가 동사무소에서 그런 서류를 뗄 수 있다는 것을 어찌 알았겠습니까?"

"하지만 취업하면 각자 의료보험이 나오지 않습니까?"

"그렇지요. 하지만 혼인한 가족이라면 의료보험이 통합된다는 걸 알기에는 그녀가 경험이 없었습니다. 그리고 설사 통합된다고 해도 그건 희망에 한해 그런 것이지 개별적으로 의료보험이 나가는 것도 틀린 것이 아닙니다."

노형진이 사실혼 관계를 주장하자 원고 측은 어떻게 해서든 사실혼이 아닌 동거를 주장하고 나왔다.

그런데 이 경우 사실혼을 주장하는 노형진이 불리할 수밖에 없었다.

사실혼은 뭔가를 증명해야 하지만, 동거는 뭔가를 증명하지 않아도 되는 거니까.

더군다나 법률은 뭔가를 주장하는 쪽이 증명하도록 되어 있다.

"사실혼이라는 증거가 어디 있습니까? 네?"

"금전적으로 경제 공동체였지요. 원고 한소양의 카드 기록을 봐 주시기 바랍니다. 그 기록에 따르면 생활에 필요한 비용 전반을 그녀의 카드에서 지출한 것으로 되어 있습니다."

"그건 조규헌도 마찬가지입니다."

당당하게 반박하는 변호사의 말에 노형진은 피식 웃으며 물었다.

"그러면 조규헌 씨의 카드 기록을 제공할 수 있습니까?"

"그건……."

그러자 변호사는 망설이며 조규헌을 바라보았다.

조규헌은 약간 곤란한 표정을 짓고 있었다.

'그렇겠지.'

이미 한소양에게서 조규헌의 생활에 대해 들었다.

그는 자신의 돈을 대부분 자기를 위해 쓰고, 생활비는 대부분 한소양이 버는 돈으로 충당했다는 것이다.

그녀는 그걸 알면서도 자신을 받아 준 것이 고마워서 아무런 소리도 하지 못했고.

'너무 순진해.'

세상을 모르니 그렇게 당하는 것이다.

"카드 내역을 주실 수 없는 이유가 있나요?"

"······."

"그렇겠지요. 대부분의 월급을 술과 룸살롱 등으로 날렸을 테니까요."

"무슨 말을 하는 겁니까! 재판장님, 원고 측 변호인은 증거도 없이 허위 사실을 날조하고 있습니다."

재판에서 이미지라는 것은 상당히 중요하다.

그리고 자신의 의뢰인의 이미지가 박살이 날 위기가 되자 피고 측 변호사는 다급하게 변명했다.

하지만 이미 노형진은 한소양에게 관련 이야기를 다 들은 후였다.

"피고 측 주장에 따르면 단순 동거라고 주장하고 있습니다. 단순 동거라고 한다면 개별적으로 생활을 영위하면서 각자의 자산에 터치를 하지 않아야 합니다. 하지만 원고의 증언에 따르면 피고는 생활비를 일절 제공하지 않아 원고가 공과금과 식비를 포함한 생활비 전반의 비용을 제공했다고 합니다."

"그건······."

"피고는 생활비를 제공하지 않았으며, 그 결제 내역을 우연히 본 적이 있는데 모텔과 룸살롱 등 유흥으로 대부분의 가산을 탕진한 것으로 되어 있습니다. 결국 피고는 원고에게 기대어 생활하는 생활공동체로서의 관계를 유지해 왔다는 뜻인데, 이는 일반적인 동거의 한계를 한참 넘어선 행동입니다."

노형진이 생활공동체 부분을 지적하자 피고 측 변호사는 침을 꿀꺽 삼켰다.

그리고 원망스러운 시선으로 의뢰인을 바라보았다.

'그랬겠지.'

척 봐도 조규헌이 변호사에게 거짓말한 게 보였다.

애초에 동거라면 이런 소송을 해도 이긴다는 것을 알고 있던 인간이었다.

그런 만큼 변호사에게 이야기할 때는, 처음에는 단순 동거였는데 갑자기 돈을 요구한다는 식으로 거짓말을 했으리라.

"재판장님, 동거를 하다 보면 결과적으로 그 생활비가 한꺼번에 들어가는 경우가 많습니다. 더군다나 피고 조규헌은…… 남자로서 사회생활을 하다 보면 그런 곳에서 돈을 쓸 수도 있는 겁니다."

"남자로서 그런다는 건 참 전근대적인 사고입니다. 성매매는 기본적으로 불법이 아니던가요?"

"그…… 유흥이지 성매매는 아니지 않습니까?"

'눈 가리고 아웅이라더니.'

딱 보면 어떤 가게인지 모를 수가 없다. 그런데 성매매가 아니라니.

물론 그걸 가지고 따져 봐야 의미가 없다.

변호사나 판사도 결국 그런 곳에서 접대받으니, 그들이 그걸 인정하기는 쉽지 않으니까.

"그리고 그러한 행동을 했다는 것 자체가 결혼이 아니라 동거라는 사실을 증명하는 것입니다."

"증명요?"

"그렇습니다. 만일 결혼을 전제로 함께 사는 것이었다면 그런 곳에 당당하게 다닐 수는 없지 않았겠습니까?"

나름 다급한 상황에서 제대로 반격하는 피고 측 변호사.

확실히, 결혼을 약속하고 같이 사는 상황에서 남자가 그런 행동을 한다면 그 관계를 유지하려는 여자는 없을 것이다.

하지만 그건 어디까지나 일반적인 경우다.

"일반적으로는 그렇지요. 하지만 그렇지 않다면요?"

"그렇지 않다?"

"네. 원고는 이미 결혼하고 사는 것으로 알고 있었습니다."

"그건 그쪽의 착각이지요."

"착각이 아닙니다. 원고가 고아원에서 나올 때 수중에 있던 돈이 얼마였는지 아십니까?"

"수중에 있던 돈?"

그게 왜 중요한지 모르는 피고 측 변호사는 어리둥절한 얼굴이 되었다.

벌써 5년 전 이야기이고, 금액이 터무니없이 작다는 것은 알고 있기 때문이다.

"500만 원입니다. 그걸 가지고 세상으로 나왔지요."

"그건 그쪽 사정이지요. 도리어 사정이 다급하니 그걸 메

꾸기 위해 원고에게 엉겨 붙은 거 아닙니까?"

졸지에 돈 때문에 남자에게 엉겨 붙은 여자가 된 한소양의 눈에서 분노에 찬 눈빛이 뿜어져 나왔다.

하지만 노형진은 그런 그녀를 진정시켰다.

그리고 상대방 변호사를 차갑게 노려보았다.

"그러면 피고의 카드값이 오버된 것도 알고 있겠네요."

"네? 그게 무슨……?"

"피고는 자신의 월급 대부분을 유흥으로 날렸습니다. 때로는 카드값을 훨씬 넘기기도 했지요. 대출까지 받아 그걸 막아 준 것이 바로 한소양 씨입니다. 그건 모르셨습니까?"

"그……."

"일반적인 동거라면 대출까지 받아 가면서 돈을 줄 이유가 없지요. 안 그런가요?"

생활비야 자기도 써야 하는 것이니만큼 지출한다고 할 수도 있다.

서로 간의 약속에 따라서 남자인 조규헌이 집을 제공하고 한소양이 생활비를 제공할 수도 있다.

그러나 대출까지 해 가며 빚을 갚아 준다?

절대로 일반적인 동거에서 해 줄 수 있는 것이 아니다.

"그거야 빌린 거지요!"

"빌린 거라고요, 무려 4천만 원이나 되는 돈을?"

총액을 들은 조규헌은 당황했다.

조금씩 계속 빌린 거라서, 그렇게 큰 금액이 되었을 줄은 생각하지 못했었기 때문이다.

"무려 4천입니다. 그걸 무조건 빌려주는 사람은 없지요."

"그냥 빌린 거라고요! 빌린 거!"

"그렇다면 갚으셔야지요. 당연히 생활비를 포함해서요."

조규헌의 얼굴은 사색이 되었다.

돈이라는 돈은 모조리 유흥으로 탕진했으니 돈이 있을 리 없다. 그렇다면 남은 것은 자기 명의의 집 하나.

"재판장님, 일단 그 비용에 대해서는 피고 조규헌이 채권을 인정했으므로 재판이 끝나는 대로 가압류를 신청하도록 하겠습니다."

"잠깐! 뭔 개소리야! 그건 내 집이야! 내 집이라고!"

"하지만 당신은 돈을 갚지 않았지요. 생활비까지 합하면 족히 1억은 넘을 것 같은데. 안 그런가요?"

"내가 집을! 그년은 생활비를! 그게 조건이었어!"

"증명할 수 있습니까?"

"뭐?"

"증명할 수 있느냐고요."

법적으로 증명하고자 하는 사람이 그 증거를 내야 한다.

그리고 조규헌에게는 그런 게 없었다.

당연히 조규헌은 억울했지만, 그런 증거가 없으니 뭐라고 말을 할 수가 없었다.

"채권 부분은 이번 사건과 별개인 만큼 원고 측 변호인이 원하는 대로 하셔도 됩니다."

노형진은 미소를 지었다.

"그건 내 집인데……!"

"정확하게는 당신 명의의 집이지요."

"그래!"

"그런데 그 집을 산 게 2년 전이지요?"

"그런데?"

조규헌이 대답하자 조규헌의 변호사는 그를 끌어당겨서 강제로 자리에 앉혔다.

당장 그 때문에 재판이 제대로 굴러가지 않았기 때문이다.

"그런데 말입니다, 그 집을 사는 조건은 어떤 것이었나요?"

"뭐?"

"제가 듣기로는 20년간 장기 분할 대출하고 5년간 이자만 낸 뒤 원금과 이자를 균등 분리 상환하는 거라고 하던데요."

"그런가요? 그건 확인해 봐야겠네요."

"확인해 보실 필요 없습니다. 은행에 질의해서 답변서를 가지고 왔으니까."

노형진은 서류를 내밀었다.

미리 준비한 서류를 본 변호사는 등골이 오싹했다.

그걸 미리 준비했다는 건 자신들에게 심각하게 불리한 게 있다는 뜻이기 때문이다.

"그래서 2년간 이자만 열심히 납부하셨지요."

"그랬겠지요."

변호사는 수긍한 듯 고개를 끄덕거렸다.

이자만 내는 거야 흔하게 하는 대출 방식이니까.

하지만 그다음 순간, 그는 말문이 턱 막혔다.

"그런데 이자는 어떻게 내셨습니까?"

"네?"

"아까 제가 카드 내역에 대해 말씀드렸지요? 피고 조규헌은 대부분의 임금을 유흥비로 날렸습니다. 때때로는 월급을 넘어서는 카드값을 갚기 위해 원고에게 돈을 빌리기도 했지요."

"그……."

"그런데 기록에 보면 그는 단 한 번도 이자가 연체된 적이 없습니다. 이자가 적은 것도 아닌데요. 그리고 그 출금 계좌는 조규헌이 아니라 한소양 씨의 이름으로 되어 있습니다. 어떤 여자가 결혼도 하지 않을 남자의 집값을 대신 내주나요?"

집 문제는 전혀 생각해 보지 못했기 때문에 피고 측 변호사는 그대로 얼어붙었다.

그야말로 빼도 박도 못하는 상황이 되어 버렸다.

아무리 좋게 해석하려고 해도 남자 명의로 된 집의 빚을 여자가 갚아 준다는 것은 결혼을 목적으로 한다는 것 말고는 이유가 없었기 때문이다.

"결과적으로 조규헌 씨는 그 집에 대해 단 한 푼도 돈을 내지 않은 셈입니다. 더군다나 조규헌 씨 스스로 자신은 집을, 한소양 씨는 생활비를 제공하는 계약이라고 하셨는데, 조규헌 씨와 한소양 씨가 함께 살기 시작할 당시에는 현재의 집이 아니라 월세를 살고 있었습니다. 즉, 계약이 종료된 후에 조규헌 씨는 그 계약을 어긴 셈이 되지요."

"그거야……."

변호사는 무슨 말이든 해 보려고 하다가 얼굴을 손으로 가리고는 고개를 흔들었다.

"그건……."

"즉, 현 상황은 조규헌 씨에게 한소양 씨가 엉겨 붙어서 사는 것의 정반대입니다. 조규헌 씨가 한소양 씨에게 들러붙은 상황인 거지요. 자신에게 들러붙는 남자를 먹여 주고 재워 주는 여자의 행동. 결혼이 목적이 아니라면 대체 무엇이 목적인 걸까요?"

"그건…… 그년이 집을 사기 위한 대출을 못 받으니까……."

"그러면 조규헌 씨는 범죄를 인정하시는 거군요."

"뭐라고?"

"대출을 받지 못하니까 대신 받아 줬다, 그게 요점인가 본데, 그건 범죄를 인정하신 겁니다. 명의를 빌려주는 게 금융실명제 위반인 거 모르셨습니까?"

"……."

"그리고 그렇게 명의를 빌려서까지 관계를 유지하려고 했다면, 그 또한 결혼이 목적인 게 아닐까요?"

노형진이 핵심을 찌르자 조규헌과 그 변호사는 아무런 말도 할 수가 없었다.

"빙고!"

"이겼다!"

재판부는 깔끔하게 사실혼을 인정했다.

그리고 이게 첫 번째다.

"이제 사실혼이 인정되었으니 다른 것도 이런 식으로 파고들면 됩니다."

사실혼이 인정되면 사실상 이혼과 같은 비율로 재산을 나눠야 한다.

더군다나 이번 사건 같은 경우 조규헌은 재산을 증식하는데 어떠한 도움도 되지 않았으니 집을 비롯한 남은 재산도 압도적으로 한소양에게 유리한 조건으로 더 많이 받아 올 수 있다.

"헐…… 우리는 결혼하지 못하면 끝인 줄 알았는데요."

"사실혼이라는 건 아무래도 일반인들은 잘 모르는 이야기니까요."

그래서 버려진 여자들이 대부분 힘없이 나가는 것이다.

하물며 일반적인 집안에서 성장한 아이들도 그런데, 고아원에서 생활하다가 나온 사회 경험이 적은 여성들은 그에 대해 더 모를 수밖에 없다.

"일정 기간 동안 동거하면서 부부처럼 지내 왔다면 결혼한 것으로 보는 것이 현행법입니다."

"그런가요?"

"네. 물론 부부처럼 지내 왔다는 것이 참으로 애매하기는 하지만요."

설사 성관계를 맺었다고 해도 그게 부부로서 맺은 건지 아니면 동거인들이 동의하에 관계를 가진 건지를 확인해야 하기 때문에, 단순히 동거 중 관계를 맺었다고 해도 그걸로 부부처럼 보지는 않는다.

"하지만 재산은 다르지요. 자본주의사회니까요."

자본주의사회에서 재산, 그러니까 돈은 친밀한 관계가 아닌 이상에야 공유하지 않는다.

같이 사는 정도라면 모르겠지만 이번 사건처럼 서로 명의를 빌려주거나 대출을 갚아 주는 경우에는 사실상 부부로 본다.

"그러니 이런 사건은 앞으로 이런 식으로 해결하면 될 것 같습니다."

"호오……."

안 그래도 이런 사건들이 적지 않아서 고민하고 있었는데 해결책이 생각보다 손쉽게 나오자 소아진은 즐거운 표정이 되었다.

"이번 사건으로 도움을 많이 받을 수 있겠네요."

"아직은 안 끝났습니다."

"아직 안 끝났다니요?"

"3년 이하의 사람들이 있지 않습니까? 사실 피해자 비율로 본다면 그 부분이 제일 많을 텐데요."

"아…… 그렇기는 하지요. 대부분이 3년 이하죠."

사실혼 부부로 보기에는 기간이 짧은 사람들, 그리고 아이를 가지지도 못한 사람들.

그들이 이런 사건의 대부분을 차지한다.

"아무래도 그런 아이들을 꼬셔서 데리고 가는 놈들은 목적이 뻔하니까요."

노형진은 구역질이 난다는 듯 말했다.

그들의 목적은 자신들의 성욕을 충족하는 것이다.

그리고 1~2년쯤 지나서 지겨워지면 내보내고 또 다른 여자를 노린다.

"맞아요. 그래서 대부분 그런 여자들은 몸도, 마음도 만신창이가 되어서 나오죠."

소아진 역시 공감한다는 듯 고개를 끄덕거린다.

"대부분의 아이들은 그렇게 만난 남자들이 첫 남자니까요."

몸도 마음도 다 바쳐서 잘해 줬지만 시간이 지나니 지겨워졌다고 차 버린다. 그리고 다른 여자를 노린다.

그런데 당연하게도 그 과정에서 옛날 여자는 떠나지 않으려고 할 테니, 남자는 여자에게 해서는 안 되는 말까지 해 가면서 온갖 패악질로 상처를 준다.

"그러면 그런 사람들은 어떻게 해? 처벌할 수가 없잖아."

"일반적으로는 그렇지. 하지만 민사가 있잖아."

"민사?"

"그래. 애초에 혼인빙자간음죄가 사라진 게 문제이기는 한데……."

한때 혼인빙자간음죄라는 것이 있었다.

결혼을 전제로 하여 남성과 여성이 관계를 맺었는데 그게 거짓말인 경우 형사처벌을 하는 죄목이었다.

"그게 성적 자기 결정권 침해라는 이유로 없어진 후로는 통제가 되지 않는 게 사실이지."

그 전에는 이런 짓을 하는 놈들이 없었다.

그럴 수밖에 없다. 명백하게 현행법 위반이었으니까.

"아쉽네요. 그게 있었으면 재판이 쉬웠을 텐데."

노형진은 어깨를 으쓱했다.

"쉽지는 않아요."

"네?"

"혼인빙자간음죄라는 게 나쁜 짓이기는 한데, 재판을 할 때 그걸 증명하는 건 여자 측 책임이거든요. 남자야 당연히 단순하게 사귀는 사이였다, 또는 결혼 의사는 없었지만 합의에 의한 성관계라고 주장하니까요."

"아……."

"그게 없어진 이유 중 하나이기도 하고요."

남자에게 혼인의 의사가 없었다는 걸 증명하는 것도 쉽지
않은데, 거기에다 결혼하겠다는 의사를 표현했다는 걸 증명
하는 것도 쉽지 않다.

당시에는 카톡이니 뭐니 하는 게 없던 시절이라 문자도 시
간이 지나면 용량이 차서 지워야 했던 시절이니까.

"그러면 단기간 벌어진 사건은 대책이 없나요?"

"없지는 않아요. 형사는 사라졌지만 말했다시피 민사는
사라지지 않았으니까요."

"네?"

"혼인빙자간음죄는 형법입니다. 그게 사라졌다고 해서 민
사상의 손해배상을 받지 말라는 법은 없지요."

"하지만 사실혼이 아니잖아요?"

노형진은 고개를 끄덕거렸다.

"사실혼과 동거는 좀 미묘하지요."

"그거야 지난번 재판에서 말씀하신 거고."

"네. 그런데 사실혼이 아니라고 해도 성적인 희생양이 된
건 사실이거든요."

"전 조금 이해가 안 가는데……."

"아!"

약간 이해하지 못하는 소아진과 다르게 손채림은 노형진

이 뭘 노리는지 알아차렸다.

"손해배상! 맞지?"

"정답."

"손해배상요? 사실혼과 뭐가 다른데요?"

"사실혼은 말 그대로 혼인에 준해 판단하는 겁니다. 하지만 손해배상은 좀 다르죠."

사실혼에서 돈을 요구하는 것은 부부로서 관계를 가졌고 공동의 생활을 영위하였으므로 재산을 분할한다는 성격이 강하다.

반면에 사실혼이 아니라 기망에 의한, 즉 결혼을 하자고 속여서 성관계를 가지는 것은 피해자인 여성을 일종의 성 노예처럼 취급한 셈이 된다.

"그러니 그건 명백하게 손해배상 대상이 될 수 있지요."

"우음…… 좀 미묘한데……."

"법이라는 게 그런 겁니다. 아 다르고 어 다른 게 법이지요."

결국 돈을 받아 내는 것은 똑같다.

하지만 사실혼의 재산 분할이냐, 아니면 피해로서 손해배상이냐가 다르다.

"손해배상이라……. 하지만 손해가 있다는 건 어떻게 입증하지요?"

"전에 말씀드렸잖습니까, 이런 짓을 하는 놈은 계속한다고. 그리고 우리에게는 아주 강력한 우군이 있지요, 후후후."

이것이 법이다

노형진은 씩 웃으면서 말했다.

⚖️

"이게 무슨 일이야?"

황수언은 자신에게 닥쳐온 손해배상 청구를 보고 당혹해서 어쩔 줄을 몰랐다.

일전에 버린 계집 두 명이 동시에 소송을 걸어온 것이다.

"내가 뭘 어쨌는데?"

그저 즐기다가 헤어진 것뿐이다, 그는 그렇게 생각했다.

그래서 그 어떤 생각도, 죄책감도 없었다.

그런데 그걸로 손해배상을 청구하다니?

"아무래도 상대가 좋지 않군요."

그가 다급하게 찾아간 변호사는 한숨을 폭 쉬었다.

"상대가 안 좋다고요?"

"네, 상대방이 좋지 않습니다. 새론이라니……. 안 그래도 그런 소문이 있었는데……."

"소문이라니요?"

"새론에서 고아들을 위해 소송에 나섰다는 소문이 있습니다. 고아원에서 나오는 젊은 여자들을 꼬셔서 몸만 취하고 버리는 남자들에게 손해배상을 요구한다고……."

말을 흐리면서 바라보는 변호사의 시선에 황수언은 당혹

감을 감출 수가 없었다.

"아니, 그건…… 어디까지나 사귀다가 헤어진 건데……."

그는 애써 변명했지만 변호사는 별말 하지 않았다.

어찌 되었건 자신의 의뢰인이니까.

하지만 상대방이 새론이라는 것은 상당히 곤란한 상황이었다.

"그나마 다행인 건, 사건 자체는 우리에게 유리하다는 겁니다."

"유리해요?"

"네."

같이 산 기간은 1년 정도이고, 이 정도면 사귀다가 헤어졌다고 하면 그만이다. 그사이에 돈을 뜯어내거나 하지는 않았을 테니까.

설사 그랬다 해도, 그 돈보다는 먹여 살리는 데 들어간 돈이 더 많을 수밖에 없는 기간이기도 하고.

"그러니 우리는 무조건 사귀다가 헤어진 걸로 주장하면 됩니다."

"그게 사실입니다."

황수언은 그렇게 말했다.

그리고 그의 변호사는 이번 재판은 어쩌면 이길 수 있겠다는 생각을 하기 시작했다.

"물론 사귀다가 헤어진 건 맞아. 아마 재판부도 이것까지 받아들이는 것은 어려운 일일 거야."

"손해배상을 받을 수 있다면서?"

노형진의 말에 손채림은 어리둥절했다.

분명히 소아진에게는 손해배상을 받을 수 있다고 이야기 했다. 그런데 재판 자체는 중요한 게 아니라니?

"받을 수야 있겠지. 하지만 말이야, 재판으로 하기에는 솔직히 좀 무리야. 사실혼하고는 좀 다르니까. 이건 명백하게 동거의 한계 내에 있거든."

"결혼을 이야기했다고 해도?"

"그게 문제야. 지금은 21세기라고."

과거에 비해 성적인 순수성을 그다지 신경 쓰지 않는 시대다.

'성적 자기 결정권'을 이유로 불륜조차 처벌하지 않는 시대.

그런 시대이니 동거하고 관계를 맺었다고 해서 손해배상이 들어가기는 쉽지 않다.

"단순히 결혼을 생각한다는 수준을 넘어서, 손해배상을 받으려면 적극적인 기망 행위가 있어야 해."

"적극적인 기망 행위?"

"그래. 가령 피해자를 만나면서 다른 여자와 살림을 차렸다든가, 아니면 알고 보니 유부남이었다든가 하는 거 말이야."

현재 재판부는 그런 게 없다면 아무리 동거라고 할지라도 손해배상을 인정하지 않는다.

　"애초에 성관계만을 기준으로 판단한다면 우리나라 남자들은 대부분 헤어질 때마다 돈을 내놔야 할걸."

　"동거를 해도 말이야?"

　"동거가 흠이 되는 시대는 아니니까. 물론 나중에 결혼할 때 남편이 될 사람이 동거에 대해 알게 되면 문제겠지만 여자가 그 이야기를 할 리도 없고, 동거했던 남자가 찾아가서 이야기할 리도 없잖아? 그러니 사실상 피해가 없는 거지."

　"그럼 피해자 중심주의는?"

　"그거 전에도 말했지, 완전 개소리라고? 다른 문제는 모르겠지만 이런 문제에 대해서는 완전히 헛소리야, 헛소리."

　피해자 중심주의란 피해의 기준을 피해자에게 두는 방식을 말한다.

　주로 여성 단체가 남자를 매도하기 위해 쓰는 말인데, 사실 법적으로 도무지 용납될 수가 없는 방식이다.

　"어째서?"

　"간단하게 이야기해 보자. 이 경우 피해자는 누구?"

　"당연히 여성이지."

　"그래, 그렇지? 남자가 여자와 동거하다가 일방적으로 이별을 고했으니까."

　"그러니까."

"그런데 반대라면?"

"어?"

"반대의 경우 말이야. 동거하다가 여자가 남자에게 이별을 통지했어. 그러면 피해자는 누구야?"

"그건, 남자?"

"그러면 남자가 여자에게 손해배상을 청구해야 하나?"

"……."

그건 말도 안 되는 소리다.

아마 그런 소리가 나오면 수많은 여성 단체에서 게거품을 물고 덤벼들 게 뻔하다.

"하지만 여자와 남자는 다르다고 하잖아."

"뭐가 달라? 남자는 뭐, 감정 없어? 남자는 꼭 헤어지고 싶어서 헤어지나? 아니, 애초에 법이 바뀌어서 남자도 성폭력의 피해자로 인정하고 있어. 그러면 남자든 여자든 똑같이 대상으로 삼아야 하는 거 아냐?"

"으음……."

"성폭력 사건에서 피해자 중심주의가 욕먹는 건 그거야. 남자든 여자든 똑같이 대상으로 해야 하는데, 똑같은 사건인데 남자는 괜찮고 여자는 안 괜찮다고 하니까."

"그렇기는 하네."

대룡에서도 여성에 의한 성추행 사건이 엄청 많아서 새론이 그 뒷수습을 한 적이 있었다.

여자들이 남자들에 비해 성추행 사건의 빈도가 낮은 것은 사실이나 그렇다고 해서 성추행 사건이나 성폭행 사건이 아예 없는 것은 아니다.

"법의 기본은 공정성이야. 공정성이 깨진 법은 법이 아니지. 차라리 성폭력뿐만 아니라 범죄 피해자 전반에서 피해자의 인권을 중시하는 피해자 인권주의 같은 거라면 문제가 되지 않아. 왜냐면 우리나라가 피해자 인권을 챙기지 않는 건 문제니까. 하지만 성폭력에 한해 여성이 우선시되는 피해자 중심주의는 헛소리야, 헛소리. 이 사건에서 남자들이 잘못한 건 맞지만, 그렇다고 해서 법을 자기 마음대로 해석하면 안 되지."

"음……."

"피해자 중심주의는 이미 법률계에서 논의되고 있어. 문제는 그걸 곡해하는 거지."

사실 피해자 중심주의의 내용은 대부분의 법률계 사람들이 필요성을 느끼고 있다.

문제는 법률계에서 말하는 피해자 중심주의는, 형사사건에서 피해자가 완전 배제당한 채로 하나의 객체로서만 존재하며 어떠한 발언도 할 수가 없어 결과적으로 피해자의 인권이 침해되는 것에 대한 반성인 반면, 일부 여성계에서 말하는 피해자 중심주의는 성폭력 사건에서 모든 사건은 여성의 증언만으로도 존재하는 것으로 보며 여성은 무조건적인 피해자라는 관점이기 때문이다.

"그건 그렇다고 치고, 일단 법은 안 된다면 손해배상은 어떻게 할 거야? 싸워서 이길 수 있을까?"

"이겨야지."

"하지만 어떻게?"

"간단해. 기망 행위를 했다는 것은 결국 상대방이 나를 속였다는 거거든."

"그런데?"

"그런 놈들은 새로운 여자를 찾아다니지. 그래서 내가 두 명을 동시에 소송을 넣은 거야."

"아하!"

한 명만 찾아서 소송을 넣으면 기망 행위가 될 수가 없다.

하지만 동시에 두 명을 넣으면 가해자는 동시에 두 명을 사귀었다는 것을 증명하는 셈이 된다.

그리고 두 사람은 동시에 피해자이자 증인이다.

"그래서 이번 사건에는 도움을 줄 수 있는 우군이 있다고 한 거구나."

"그래."

일반적인 경우라면 그저 헤어지고 만나는 것의 연속일 것이다.

하지만 그들은 남자와 만난 시점이 우연처럼 똑같이 고아원에서 나오는 때였고, 또 1년쯤 지나서 이별을 당했다.

그렇다면 그걸 알고 있는 두 사람은 과연 무슨 생각을 할까?

또 재판부는 그걸 어떻게 받아들일까?

"이런 사건의 기본은 상대방이 거짓말한 것을 어떤 식으로 입증하느냐야. 그리고 그걸 입증할 사람은 이미 준비되어 있지."

남은 것은 싸우는 것뿐이다.

⚖

재판이 시작되자 황수언은 정신이 아득해졌다.

"저년이 왜?"

분명히 그 두 개의 소송은 별개의 소송으로 이루어져 있었다. 심지어 소송을 건 재판장도 달랐다.

그런데 그 두 여자가 함께 있는 걸 보니 정신이 아득해졌다.

"오랜만이네요."

"이렇게 보게 되니 너무 반가워서 눈물이 나네요."

두 여자가 동시에 말을 걸자 황수언은 침을 꿀꺽 삼켰다.

"누굽니까?"

그녀들에 대해 모르는 변호사는 고개를 갸웃하면서 물었다.

그가 받은 건 소장뿐이니 두 사람에 대해 알 리가 없었던 것이다.

"저 사기꾼에게 속은 피해자들이지요."

"네?"

"소장을 받으셨을 텐데요?"

뒤에서 노형진이 등장하자 상대방 변호사는 침을 꿀꺽 삼켰다.

"잠깐…… 소장이라고요?"

"네."

"설마……."

"두 분 다 피해자입니다."

"헉!"

그는 정신이 아찔해졌다.

하나는 경기도, 하나는 지방이어서 별개의 사건이라고 생각했다.

그런데 설마 동시에 같은 재판정에 나올 줄이야.

"도대체 왜 이렇게 나오신 겁니까!"

"이런, 이런. 증인 신청했는데 이름도 확인하지 않으셨나 봐요?"

"즈…… 증인?"

다급하게 재판 기록을 확인한 변호사는 또 한 번 침을 꿀꺽 삼켰다.

자신이 미처 확인하지 못한 증인 목록에 다른 피고가 있었다.

"이게 무슨……."

변호사는 정신이 아득해졌다.

단순히 별개의 사건이라고 생각했다. 게다가 상식적으로

두 여자가 서로에 대해 증언해 주는 경우는 본 적이 없다.

왜냐하면, 서로 적이니까.

"의뢰인에게 이야기를 들으셨는지 모르겠지만……."

노형진은 상대방 변호사에게 다가가 미소를 지었다.

"의뢰인은 바람을 피웠지요. 그것도 동거 중에 말입니다."

"……."

"고아원에서 어린 여자를 꼬셔서 성 노예로 삼아 이용하다
가 버리는 짓을 해 왔지요."

"뭐…… 뭐요?"

전혀 듣지 못했던 말인 듯, 변호사는 당황했다.

그가 들은 거라고는 그냥 단순히 사귀다가 헤어진 후의 문
제뿐이었기 때문이다.

"그게 사실입니까?"

"아니에요. 그냥 헤어진 것뿐입니다! 진짜예요!"

황수언은 다급하게 변명했다.

변호사는 약간은 당혹했지만 그래도 마음을 굳힌 듯 보였다.

"재판 전에 나를 흔들려고 하는 모양인데, 그런다고 해서
제가 흔들리진 않습니다."

"오호라, 못 들으셨나 봐요?"

"못 들었다고 해도 사건 자체가 변하는 건 아니지요. 누구든
바람은 피울 수 있습니다. 그건 법적인 부분이 아니지요."

결혼을 약속한 것도 아니고 사귀다가 헤어진 거라면, 손해

배상의 영역에 들어가지는 않는다.

"그래요. 그렇지요."

의외로 노형진은 고개를 끄덕거렸다.

사실 그건 그의 말이 맞기 때문에 자신이 아니라고 떠들어 봐야 입만 아플 뿐이다.

"'사귀는 것'이라면 그렇지요."

"뭐라고요?"

"아까도 말했지만 황수언 씨는 이분들과 사귄 게 아니라 사실상 성 노예 취급하고 있었지요. 안 그런가요? 두 분 이야기는 같던데."

"큭."

변호사는 약간 곤란한 표정이 되었다.

두 사람이 같은 증언을 하면 약간 곤란해지는 건 사실이다. 그러나……

"그 두 사람은 어차피 피고와 결별한 이들입니다. 여자가 한을 품으면 무슨 말인들 못 하겠습니까?"

두 사람 다 황수언에게 좋지 못한 감정을 가지고 있으니 그 말을 재판부에서 인정해 주지 않을 거라는 자신감.

변호사는 그걸 확신하고 있었다.

그러나 노형진은 그 부분 역시 감안하고 있었다.

"확실히 그렇지요. 하지만 장안에 호랑이가 나타났다는 말을 하는 사람이 세 사람이라면 거짓말도 사실이 되는 법입니다.”

“뭐요?”

“지금 사귀는, 아니 지금 같이 사는 여친분이 고아 출신 아니세요?”

“그…….”

변호사는 무시무시한 눈빛으로 황수언을 노려보았다.

그가 본 사건 기록에 의하면 손해배상 청구를 해 온 두 명이 다 고아 출신이다. 그런데 또 고아라고?

“고아원에서 아이들은 고작 500만 원을 받고 나오지요. 당연히 생존조차도 불투명한 상황입니다. 그 상황에서 누군가가 사랑한다고 접근해서 꼬시는 게, 과연 어떤 식으로 보일까요?”

“으음…….”

기망이라는 것은 기본적으로 당장 뭔가를 해야 하는 게 아니다.

뭔가를 하는 데 있어서 그 목적을 감추기 위해 속이는 수준이면 충분하다.

“사랑한다며 집으로 끌어들여서 성적 착취를 하다가 1년이 지나면 버리고 또 다른 여자를 찾아서 끌어들인다. 캬, 다른 사람들이 더 없으리라는 법은 없지 않습니까?”

“…….”

황수언은 말문이 턱 막혔다.

그리고 노형진은 그런 그의 행동에서 이미 그가 또 다른 피해자를 양산했다는 것을 알아차렸다.

'그래, 어쩐지 참 익숙하다 싶었다.'

그러니까 매년 온갖 감언이설로 여자들을 속여 희생자들을 만들어 냈다는 것이다.

"그렇다고 해도 그건 어디까지나 연애의 선상에서……."

"정서를 착취하는 게 연애라고 생각하세요?"

"……그건 재판해 봐야 알지요."

상대방 변호사는 자신 있게 말했다.

어차피 단순 연애로 몰아붙여 버리면 이쪽이 이긴다.

"뭐, 그러시다면야."

노형진은 어깨를 으쓱했다.

그리고 몸을 돌려서 가려다가 다시 그들을 돌아봤다.

"아, 그리고 아까 자신을 흔들려 하지 말라고 하셨지요?"

"그렇습니다만? 별 효과는 없을 테니까요."

자신 있게 말하는 변호사에게, 노형진은 오른쪽 창문을 바라보면서 피식 웃었다.

"저는 안 흔듭니다. 하지만 저분들은 상당히 흔들어 주실 것 같네요."

"저분들?"

노형진의 시선을 따라서 고개를 돌린 변호사는 얼굴이 사색이 되었다.

"허억!"

족히 백 명은 달려오는 여자들.

그들은 하나같이 팻말을 들고 머리띠를 두르고 있었다.

"아이구…… 이거 참, 어디서 정보가 샌 건지 모르겠네."

노형진은 뻔뻔하게 말하고 있었지만 상대방 변호사는 부들부들 떨었다.

그도 변호사이기 때문에 안다, 자칭 여성운동가들이 끼면 될 재판도 안 된다는 것을.

더군다나 그들 중에는 카메라를 든 사람들도 있었다.

"그러고 보니……."

노형진은 곰곰이 생각하는 척하다가 씩 웃었다.

"이거 왠지 일본군 성 노예 사건 같은 거랑 엮어서 신문에 내면 이슈 탈 것 같은데, 어떻게 생각하십니까?"

상대방 변호사는 부들부들 떨었다.

그리고 휙 몸을 돌렸다.

"벼…… 변호사님? 어디 가십니까? 저기, 조금 있으면 재판인데요?"

"변론 그만두겠습니다."

"네?"

황수언은 순간 머리가 멈춰 버렸다.

재판까지 채 20분도 안 남았다. 그런데 변호사가 변호를 그만두다니?

이것이 법이다

"변호사님!"

"애초에 거짓말한 건 당신입니다."

"하, 하지만……."

그는 의뢰인이 거짓말하는 걸 여러 번 경험했다. 그도 경험이 많은 변호사니까.

그렇기에 지금 상황에서 발을 빼려고 하는 것이다.

"죽으려면 혼자 죽어요! 엉뚱한 사람 붙잡고 같이 죽으려고 하지 말고!"

다른 곳도 아닌 여성 단체를 건드리면 한국에서 살기 상당히 힘들어진다.

그런데 일본군 성 노예와 연결해서 이런 사건의 기사가 나간다면?

그는 한국에서 살 수가 없다.

물론 아예 욕먹을 생각을 하고 활동하는 사람도 없지는 않다.

하지만 그런 사람들은 돈이 엄청 많거나 후원자가 있다.

불행인지 다행인지, 그는 어느 쪽도 아니었다.

"저들이 내일 신문에 뉴스를 내보내면 어떻게 되는지 알아요? 나는 당장 사건이 끊길 겁니다."

"변호사님! 변호사님!"

"아아, 형사재판도 아니고 민사니까 이건 변호사 없어도 변론이 가능합니다. 그렇게 아시고 가서 직접 변론하세요. 전 그만두겠습니다."

상황이 돌변하자 변호사는 가차없이 떠나 버리고, 뒤에 남은 황수언은 털썩 자리에 주저앉았다.

　　"들으셨죠? 민사는 변호사 없어도 되니까 재판에 들어오세요."

　　노형진은 그런 그에게 다시 한 번 쐐기를 박아 버리며 재판정으로 들어갔다.

　　"합의로 끝났네?"

　　"당연하지."

　　황수언은 당장 노형진과 피해자에게 매달려 울고불고하며 빌어서 합의를 하자고 했다.

　　당장 기자들이 달려들어서 사건이 바깥으로 나가는 순간 자신의 인생이 박살 나기 때문이다.

　　요즘 같은 시대에 뉴스에 나가면 자신을 추적하는 것은 일도 아니고, 주변에서 그걸 알면 자신을 곱게 놔둘 리 없다.

　　"아마 언론에 나가는 순간 최소한 해직당하겠지. 주변에서는 인간 취급도 하지 않을 테고. 당연히 집안에서도 내놓은 자식이 될 거야."

　　그 꼴을 당하기 싫으니 알아서 합의하는 수밖에 없었을 것이다.

"불쌍하다고 해야 하나?"

"불쌍한 건 아니지. 결국 자업자득인데."

"그런데 사람들은 어떻게 동원한 거야? 돈 준 거야?"

"아니, 좌표만 찍어 준 것뿐인데."

"응? 뭔 좌표?"

"그런 게 있어."

노형진은 그저 씩 웃을 뿐이었다.

"아마도 이제는 이런 짓 못 하겠지."

그리고 이 소문이 나면 아마 다른 놈들도 같은 짓을 못 할 것이다.

그리고 피해를 입은 사람들도 자신을 찾아올 것이고.

"대단하네요. 수년 동안 이런 사건이 꾸준히 있었는데."

소아진은 혀를 내둘렀다.

그동안 이런 사건이 꾸준히 있었지만 정부와 사람들의 무관심 속에서 고아들은 사회로 내던져질 뿐이었다.

"사실 법이라는 것에는 대부분 방법이 들어 있습니다. 특수한 경우만 아니라면요. 문제는 피해자들이 그걸 모른다는 거죠."

"그런가요?"

"권리 위에서 잠자는 자는 보호받지 못한다. 이 말이 그냥 생긴 게 아니에요."

"흠……."

"그래서 말인데, 아예 이참에 대충이라도 제휴를 맺어 두는 게 좋을 것 같네요."

"제휴?"

"네. 고아들의 처지는 대부분 아시지 않습니까?"

"그렇지요."

고아라는 이유로 이용당하거나 버려지는 경우는 적지 않다.

이번에는 사건의 특성상 여자들만 해당되었지만 남자들도 버려지는 경우도 많고 범죄에 연루되는 경우도 있다.

심지어 고아라는 것을 알고, 월급도 안 주는 놈도 있다.

대항하지 못할 거라고 생각해서였다.

"그런 사람들을 법무 법인 하늘과 연결하는 게 좋을 것 같네요. 그쪽도 사건이 부족하니까."

"도움이 될까?"

"될 가능성이 아주 높지. 당장 같이 살 수만 있어도 도움이 될걸."

"응?"

"1인당 500만 원이지. 하지만 같이 모여서 빌라를 얻는다면?"

좀 낙후된 빌라라면 몇 명이 모여서 월세 정도는 얻을 수 있다.

그리고 그런 곳은 대여섯 명은 살 수 있을 것이다.

"좀 갑갑하겠지만 일단 생존은 할 수 있어. 월세도 나눠 내니까 부담도 좀 덜할 테고."

이것이 법이다

"아하!"

"하지만 같이 나갈 사람들을 찾는 게 쉽지 않다는 것이 문제지."

"그걸 우리가 대신한다는 거구나."

"그래. 고아원, 아니 보육원이라고 하지만 사실 보육원에 순수 고아는 그다지 많지 않아."

사람들의 생각과 다르게 그런 곳에 있는 사람들 중 상당수는 가난해서 보육하지 못하는 사람들의 아이들이다.

"그런 아이들은 어찌 되었건 집으로 돌아가든."

"음……."

"우리나라의 교육은 뭔가 잘못되었어. 국영수만 가르칠 뿐, 삶을 살아가는 데 있어서 가장 필요한 기본 지식은 가르치지 않거든."

"인정해요. 아이들을 만나 보면 답이 없더라고요."

세금이 얼마나 나오는지, 신용 등급이 뭔지, 계약할 때 뭘 조심해야 하는지 등등 전혀 아는 바 없이 그냥 세상으로 던져진다.

그래서 그 돈을 다 까먹거나 다 빼앗긴 후 어두운 길로 빠져든다.

"결국 언젠가는 해결해야 하는 일이야."

하늘과 연결해 준다면 변호사들이 최소한의 관리는 해 줄 것이다.

그러면 당분간은 버틸 수 있을 것이다.

게다가 이 정도는 직원 한 명 더 고용해서 전담시키다가 추후 그들과 관련하여 소송이 생기면 사건을 전담할 수 있으니 오히려 이득이다.

"그사이에 많이도 생각하셨네요."

"심각한 문제이기는 하니까요."

노형진은 담담하게 말했다.

"하지만 그것도 결국 임시 해결책이니 제대로 된 해결책을 만들어야겠네요."

노형진의 한숨은 깊어만 갔다.

비틀린 역사

　노형진은 정치에 대해 완전히 신경을 끄고 있었다.

　사실상 현 여당은 재기 불능 상태에 빠졌고, 전쟁이라도
터지지 않는 한 정권이 바뀌는 것은 거의 확실시되고 있었기
때문이다.

　"진짜 자네는 정치해 보지 않을 건가?"

　"안 한다니까요."

　"거참, 사람 고집 하고는."

　"제가 원하는 건 깨끗한 세상일 뿐입니다."

　유찬성은 노형진과 밥을 먹으면서 설득을 하다가 결국은
포기하고 고개를 흔들었다.

　"자네가 정치를 한다고 하면 도와준다는 사람 많은데 말이지."

"결국 그건 자기 줄에 서라는 말이잖습니까? 제가 정치적 워딩 모를까 봐요? 자기 줄도 아닌데 도와주는 사람이 어디 있습니까?"

"하긴, 자네가 모를 리 없지."

"알면서 왜 그러세요?"

"당에서 어떻게 해서든 자네를 끌어오라고 하니 시늉이라도 해야 하지 않나."

유찬성은 젓가락을 내려놓으며 말했다.

"자네가 우리에게 해 준 것에 대해 고마워하는 사람이 많아."

"고마운 게 아니고 더 부려 먹을 수 있을 것 같은 거 아닌가요? 그리고 가능하면 자기편이 되어 줬으면 하고."

"허허허허, 거짓말은 못 하겠구먼."

유찬성은 고개를 절레절레 흔들었다.

맞는 말이다.

노형진이 보여 준 능력은 여당뿐만 아니라 야당에도 상당한 걱정을 안겨 줬다.

지금이야 자기편을 들어 줬다지만 다음에는 어떻게 될지 모르기 때문이다.

"저, 유민택 회장님이 불러도 안 간 사람입니다."

"하긴, 자네 같은 사람은 더러운 꼴을 못 보니까, 들어오면 피바람을 일으키겠지."

아마 노형진이 정치를 하게 된다면 정치인 중에서 못해도 수십 명은 그 생명을 다하게 될 것이다.

더러운 꼴을 보고도 그냥 넘어갈 리가 없는 성격인데, 정치인이 되는 순간 그 더러운 꼴의 내면을 보게 될 테니까.

"최재철도 날려 버린 자네이니 정치인 한두 명 죽여 버리는 거야 일도 아니겠지."

"무서운 소리 하지 마세요. 제가 킬러입니까?"

"하하, 말이 그렇다는 거지. 그러면 공식적으로 이렇게 말하면 되겠군. 열심히 설득했지만 자네는 요지부동이었다."

"딱 좋네요."

"그럼 이제 밥이나 드세."

짧은 대화였고 그다지 열심히 설득한 것도 아니었지만 유찬성은 더 이상 말하지 않았다.

그는 판단이 빠른 사람이다. 그리고 그 판단이 정확하기도 했고.

'안 될 걸 아니까, 할 이유도 없지.'

당에서 설득하라고 하니 나온 것뿐일 것이다.

거기에다 다른 사람들과 다르게 노형진이 정치하는 것을 걱정하는 사람이기도 하고.

"그나저나 선거는 어떻게 되어 가고 있습니까?"

"얼마 후에 후보 선출을 위한 전당대회가 있네. 지금도 대선 모드이기는 하지만 그 이후부터는 죽자 사자 싸우는 거겠지."

"의원님은 여전히 관심 없으신 건가요?"

유찬성은 그저 웃을 뿐이었다.

"나는 자네한테 털리고 싶지 않은데? 하하하."

"에이, 설마요."

"내가 여기까지 깨끗하게만 해서 올라오지 않은 건 누구보다도 내가 가장 잘 아는 사실이야. 자네, 후보로 출마하면 얼마나 치열해지는지 알지 않나?"

"그건 그렇지요."

우리나라의 정치는 흑색선전을 기본으로 한다. 그래서 대선 후보로 나섰다가 치부가 드러나서 정치생명이 날아가는 경우도 종종 있었다.

"나는 뱀의 머리는 되어도 용의 머리는 못 되는 사람이야. 난 내 분수를 아네."

"음…… 알겠습니다."

사실 노형진이 정치인 중에서 유찬성을 선택한 가장 큰 이유 중 하나가 바로 크게 욕심이 없기 때문이다.

"자, 자! 우울한 이야기는 그만하고 식사나 하세."

다시 젓가락을 들고 밥을 먹기 위해 고개를 숙이려고 하는 찰나, 일식집의 문이 열리면서 새파란 얼굴색의 누군가 들어왔다.

"의…… 의원님……."

"무슨 일인가? 내가 급한 일이 아니면 오지 말라고 하지 않았나?"

"그, 그게……."

그는 우물쭈물하다가 노형진을 바라보았다.

"사실은……."

그는 결국 결심한 듯 고개를 속여서 유찬성의 귀에 대고 뭐라고 작게 중얼거렸다.

그리고 그 순간 유찬성의 얼굴은 마치 마법처럼 파리하게 변했다.

"그, 그게 사실인가?"

"네, 사실입니다. 지금 난리가 났습니다."

"으음…… 알았네. 나가 보게."

"하지만 당장 들어가 보시는 게……."

"손님이 계시네. 양해는 구해야 할 거 아닌가? 나가서 시동을 걸어 두게."

"네? 아, 네…… 알겠습니다."

고개를 푹 숙이고 나가는 보좌관.

노형진은 사색이 된 유찬성을 보고 일이 크게 터졌다는 사실을 알아차렸다.

정치적 경험이 많은 그가 이렇게 당황하는 경우는 거의 없기 때문이다.

"무슨 일입니까?"

"문태현이 사고가 났다는군."

"사고요?"

"그래. 유세장으로 가던 중에 고속도로에서 트럭과 부딪친 모양이야."

"네? 잠깐, 문태현이라고 하면, 가장 유력한 대통령 후보 아닙니까?"

현재 야당에서는 압도적인 1위를 달리고 있고 특별한 일이 없는 한 다음 대통령이 되는 게 확실시되는 사람이었다.

그리고 그게 목적이었고 말이다.

그런데 그가 사고라니?

"미안하지만 나도 급하게 들어가 봐야겠네. 식사는 나중에 하지. 계산은 내가 해 두겠네."

유찬성은 양해를 구하고 다급하게 나갔다.

뒤에 홀로 남은 노형진은 눈을 왕창 찡그렸다.

'어째서?'

자신과 문태현 사이에 접점은 없다.

물론 자신이 회귀하면서 여러 가지 상황이 바뀌기는 했지만 선거 일정은 바뀌지 않았으니 당연히 유세 일정 같은 것도 바뀌지 않았을 것이다.

그런데 사고라고?

'그럴 리 없는데.'

이런 시국에 유력 대통령 후보가 교통사고를 당했다면 자신이 기억하지 못할 리 없다.

더군다나 트럭과 부딪쳤다면, 꽤 큰 사고다.

"아무래도 뭔가 이상해."

노형진은 왠지 모를 기분 나쁜 느낌에 등골이 오싹해졌다.

⚖️

─문태현 의원은 현재 여덟 시간의 수술을 마치고 중환자실로 옮겨진 상태라고 합니다. 트럭을 운전한 운전사는 사고 후 사망한 것으로 알려져 있으며…….

뉴스를 보던 노형진은 결국 TV를 꺼 버렸다.

그의 얼굴은 사정없이 구겨져 있었다.

"이건 말도 안 돼."

회귀 전 문태현 의원의 움직임을 다 아는 건 아니다.

하지만 아무리 생각해도 유세 장소가 바뀔 만한 요소는 없다.

지금 문태현은 대선 유력 후보 중 한 명일 뿐인 데다 전당대회를 위한 유세 중이었으니 더더욱 바뀔 리가 없기 때문이다.

"상황에 대해 내가 모르는 게 있나? 그럴 수도 있지만……."

가령 원래 역사에서는 현 야당이 불리한 상황이니 대책 회의가 진행 중이었을 수도 있고, 아니면 다른 일정이 있었을 수도 있지만…….

"왠지 이건 아니야."

등골을 타고 올라오는 오싹한 기운.

그 기운은 절대로 이번 일이 정상이 아니라는 것을 알려 주고 있었다.

"아무래도 이대로는 안 되겠어."

노형진은 이번 사건을 그냥 넘어가지 않기로 했다.

물론 우연일 수도 있다.

하지만 마냥 그렇게 치부하기엔 상황이 너무나 공교롭다.

더군다나 회귀 전의 이번 정권 중에 얼마나 의문사가 많았던가?

"일단은 만나서 이야기해 봐야겠군."

노형진은 전화기를 들었다.

이번 사건에 대해 잘 알 만한 사람.

그런 사람은 한 명뿐이었다.

⚖

"안 좋아."

노형진을 만난 유찬성이 한 말이었다.

"다행히 목숨은 건질 것 같다고 하더군."

"그러면 선거는요?"

"물 건너갔다고 봐야 할 거야."

장기나 머리가 다치지는 않았다.

하지만 전신이 골절되어서 전치 8개월이나 나왔다.

이것이 법이다

대통령이 되면 미친 듯이 바빠지며 세계 각국을 순방해야한다는 점을 감안하면 그가 나오고 싶다고 해도 말려야 하는상황이 되어 버렸다.

"그러면 후보는요?"

"안 그래도 개판일세. 다들 선거에 나가 보겠다고 난리야."

워낙 존재감이 강한 사람이 버티고 있어서 나가 봐야 들러리밖에 안 된다는 생각에 출마를 포기했던 사람들이 너도나도 대통령 후보로 나서겠다면서 목소리를 높이고 있다는 것이다.

"멍청한 놈들! 지금이 그럴 때가 아니라 누차 이야기하건만!"

아무리 현 여당이 불리하다고 해도 이쪽이 방심할 수는 없다.

더군다나 진보는 분열로 망한다는 말처럼, 이렇게 찢어지고 싸우는 꼴을 보면 국민들이 떠날 수도 있다는 것을 그는알고 있었다.

"하지만 욕심이라는 게 너무하더군. 이름만 좀 알려져 있다 하면 다 나가는 판국이야."

"의원님은요? 차라리 의원님이 나가셔야 하지 않겠습니까?"

"나는 사양이네. 그 점은 확실하게 하자고. 긴급 상황이된다고 해서 대통령감이 아닌 내가 갑자기 대통령감이 되는건 아니지 않나?"

"으음……."

"내가 소위 말하는 인텔리 출신인 건 맞네. 하지만 내가 정치에 입문한 쪽은 다른 정치인들하고 달라. 난 노동운동을 하면서 정치에 입문했지. 그래서 소리 지르고 싸우는 데에는 능숙해도 나라를 운영하는 데에는 한계가 있어. 그리고, 알잖나?"

유찬성이 씁쓸하게 말하자 노형진 역시 왠지 입안이 씁쓸했다.

"우리나라는 노동에 관심이 많은 정치인이라면 치를 떨지요. 아무래도 그런 사람들은 착취를 막으려고 하니까."

"그래. 하물며 전임 대통령은 고졸 출신에 노동운동가 인권 변호사 출신이라고 그렇게 가루가 되도록 까였네. 변호사로서 성공한 그도 그 정도인데 나는 어떻겠나? 인텔리라고 하지만 결국은 노동운동가 출신이니 아마 사방에서 물어뜯을 거야."

당에서 밀어줄 리도 없거니와, 설령 된다고 해도 대기업의 오더를 받은 정치인들과 언론에 의해서 말 그대로 가루가 되도록 까일 것이다.

"그리고 그렇게 되면 아마 난 다시는 재기하지 못하겠지."

안 그래도 노동권 출신 정치인이 별로 없는 것이 현실이다.

한국은 노동권을 마치 하나의 권리처럼 이야기하지만 현실적으로 파고들면 국민들과 노동자들을 개돼지 취급하는 게 보통이다.

당연히 그런 걸 바꾸려고 하는 사람은 절대로 좋은 취급을 받지 못한다.

"난 그들에게 약점이 잡힐 부분이 너무 많아. 자네 표현을 빌리자면 청소하기 위해 똥통에 들어가야 했으니 말일세. 그러니 차라리 그냥 이 자리를 지키는 게 나을 것 같네."

"알겠습니다. 그런데 사건은 조사 중인가요?"

"그래. 듣기로는 차량이 정비 불량이라는 이야기가 있더군."

"정비 불량요?"

"그래. 왜 그러나?"

"혹시 촬영된 영상 같은 건요?"

"없다네. 고속도로를 다 촬영하는 건 아니니까."

노형진은 잠깐 침묵을 지켰다.

그건 사실이기는 한데, 너무 공교롭다.

'하지만 정비 불량이라는 게 흔한 일이기는 하지.'

트럭으로 일해서 버는 돈은 생각보다 적다.

거기에다 정비를 할 때면 뭔가를 교체하라는 말을 듣는 경우가 많다.

그래서 대부분의 사람들은 정비에 그렇게 신경을 쓰지 않는다.

정비사 중에 사기꾼도 많아서, 새로 뽑은 차여도 엔진을 비롯한 거의 모든 부품들을 교체하라고 하는 놈들이 수두룩하니까.

"그냥, 이야기가 좀 안 되는 것 같아서요."

"이야기가 안 된다?"

"음…… 아닙니다."

일단 경찰의 조사가 계속될 것이다.

하지만 그게 전부일 가능성이 높다.

'아마도 경찰은 대충 덮으려고 하겠지.'

더군다나 차량을 운전한 사람이 죽었다고 하면 더 깊게 파고들 수도 없다.

아마도 높은 확률로 차량 정비 불량에 의한 사고로 처리될 것이다.

"왜, 의심스럽나?"

"안 그렇다면 이상하지요."

"하긴……. 우리도 의심하지 않은 건 아니네. 하지만 우리로서도 방법이 없지 않나?"

사고가 난 차량은 이미 경찰이 끌고 갔으니 어떤 결과가 나오든 그들의 말을 믿는 것 말고는 방법이 없다.

"다른 방법이 있지요."

"다른 방법?"

"네, 제가 좀 조사해야겠네요."

"자네가? 우리가 해도 되는데."

"일단 여기서 하는 건 여러 가지 문제가 있습니다."

분명히 저쪽도 야당이 의심할 것을 예상할 것이다. 그러니 철저하게 감시할 게 뻔하다.

이것이 법이다

더군다나 그건 일견 정당에서 공권력에 저항한다는 느낌도 줄 수 있고 말이다.

"그래서 정당에서도 재판할 때 조심하지 않습니까?"

"그렇기는 하지."

아무리 억울하고 아무리 억압받아도, 정당에서 공권력에 저항하는 순간 헌법 수호의 의지가 상실되었다는 식으로 보일 수 있기 때문에 정당에서 무단으로 조사하는 것은 그리 좋은 그림이 아니다.

"도리어 여러분들이 시선을 끌어 주는 게 저희에게는 유리합니다."

"시선을 끌어 줘?"

"네. 어차피 저들도 여러분들이 의심하고 있다는 걸 알고 있을 겁니다. 그러니 재조사와 차량 검증을 요청하고 차량을 검사할 때 이쪽 전문가를 붙이는 것을 요구하는 식으로 시선을 끌어 주십시오."

"아하!"

그건 명백하게 공권력 내부에서 항의하는 것이니 문제가 될 것이 없다.

하지만 정치적인 공격이고 현 여당을 의심하는 사람도 없지는 않을 테니 그걸 수습하려면 현 여당의 모든 신경이 야당으로 쏠릴 수밖에 없다.

"그사이에 저희가 조용히 뒤에서 조사해 보겠습니다."

"하지만 진짜 중요한 요소인 차는 이미 경찰이 가지고 있는데?"

"그건 그렇지요. 하지만 지금은 21세기입니다. 모든 것은 기록을 남기지요."

"뭐, 소설에 나오는 그런 거 말인가?"

"글쎄요. 세상이 그렇게 만만하지는 않지만⋯⋯."

노형진은 어깨를 으쓱했다.

"떨어진 과자 가루가 있겠지요. 우리는 그걸 따라가기만 하면 됩니다."

노형진은 바로 그 사건에 대한 조사를 시작했다.

어차피 차량에 대해서는 경찰이 조사할 것이다.

물론 그들을 믿기는 어렵지만 역사에 없는 사건, 그것도 역사를 뒤틀 만한 사건이 생겼는데 가만히 있을 수는 없었다.

"사고를 낸 사람은 홍종한이라는 사람이야. 나이는 68세였고 원래 트럭 운전수였어."

"특이한 사항은 없어?"

"애석하게도 없어. 집안에 아픈 사람이 있는 것도, 빚이 있는 것도, 목돈이 필요한 것도 아니야."

"흠⋯⋯."

노형진은 턱을 문지르면서 고민했다.

보통 이런 사건에서 많이 보이는 패턴은 누군가 다급한 사람의 처지를 이용해서 사고를 일으키게 하는 것이다.

하지만 그건 너무나 흔한 방식이고 누가 봐도 이상하다는 것을 알기 때문에 많이 의심받는다.

"홍종한의 상황을 봐서는 진짜 우연인 것 같아."

"계좌 쪽은?"

"계좌 쪽도 깔끔해."

큰돈이 들어온 것도 없고, 또 나갈 것도 없다.

"유가족들도 망연자실한 상황이고."

"뭐, 아무리 조작한 거라 하더라도 그 사람에게 말하지는 않았을 테니까."

결국 홍종한의 단독 범행일 가능성이 높다는 것이다.

"아무리 봐도 우연 같은데."

"진짜 우연인가?"

노형진은 눈을 찌푸렸다.

우연 같지는 않은 상황인데 모든 상황이 전반적으로 우연처럼 보였다.

"왜 고의라고 생각하는 거야?"

"그건…… 운전자가 죽었잖아."

"응?"

"너도 알다시피 트럭은 체구가 있기 때문에 어지간하면 사고가 나도 운전자 당사자는 안 죽어."

미래에 이런 일은 없었다고 말할 수는 없었던 노형진은 자신이 생각한 점을 말했다.

"아무리 정면충돌이라고 해도 말이야."

"하지만 그거야 운전자가 안전벨트를 안 매서 그런 거 아냐?"

"그건 그렇다 쳐도, 하필이면 중앙선 분리대가 없는 곳에서 사고가 난다는 게 말이나 돼?"

중앙선 분리대가 없는 도로에서 트럭이 중앙선을 넘어서 맞은편에서 오던 문태현의 차를 들이받는다?

그건 그럴 수도 있다.

그런데 때마침 운전자가 안전벨트를 안 매고 있다가 그 충격으로 창문 바깥으로 튕겨 나가서 목숨을 잃는다?

"거기에다 중앙선을 갑자기 넘었잖아?"

"경찰은 졸음운전이라고 추정하잖아."

"그래서 이상한 거야. 상황이 너무 딱 맞아떨어지잖아."

"그런가?"

"그래. 마치 짠 것 같아."

졸음운전일 수도 있다. 진짜 우연일 수도 있다.

하지만 노형진의 직감은 그게 아니라고 속삭이고 있었다.

"돈 문제도 그래. 당장 계좌에 돈이 없다고 해도, 현금이라는 것이 있잖아."

"현금?"

"그래. 얼마 전에 여당의 비밀 금고 하나 날려 버린 거 생각 안 나?"

"아……."

얼마 전에 노형진은 현 여당의 비밀 금고 하나를 날려 버렸다.

그리고 그게 드러날 상황이 되자 그곳을 포격으로 날려 버림으로써 현 정부는 사실을 은폐했다.

"그때 그랬잖아, 이곳만 있는 게 아닐 거라고."

"하긴, 그렇게 말하기는 했지."

"현금으로 준다고 하면 우리가 추적하는 건 불가능하지. 게다가 이런 일의 대가는 현금으로 주는 게 보통이고."

사실 영화나 드라마에서 계좌로 주는 것은 현실성이 없다.

이런 사건을 저지르는 놈이 계좌에 흔적을 남길 리 없으니까.

그건 아주 기본 중의 기본이다.

"그러니 계좌를 아무리 털어 봐야 의심할 만한 것이 나올 리 없지."

"하지만 그거 말고는 답이 없는걸. 보통 돈이 필요하다고 하면 다급한 경우가 아니고서야 목숨을 버리는 경우는 없다고."

"그러니까 이상한 거야."

다급하지도 않은데 가족을 버리고 멀쩡한 목숨까지 버릴 리 없다.

이유가 있어야 한다.

"계좌…… 계좌……."

노형진은 그러다가 뭔가 생각난 듯 탁자를 두들겼다.

"혹시 카드 내역은 확인했어?"

"카드? 확인했지. 하지만 카드값은 잘 갚던데? 카드값이 없거나 그렇지는 않아."

"생명보험은?"

"생명보험? 그건 잠깐만……. 없어. 사실 트럭 운전수가 그리 많이 버는 직업은 아니잖아. 생명보험 같은 걸 드는 게 쉽진 않지."

"그렇단 말이지."

노형진의 머릿속에서 과거의 사건이 생각났다.

한국이 아니라 미국에서 벌어졌던 사건.

"그러면 말이야, 그 사람 카드 내역 좀 볼 수 있을까?"

"그거야 어렵지 않은데, 그런다고 뭘 알까?"

카드 내역을 봐 봐야 사고가 고의라는 증거가 나올 리 없다.

"일반적으로는 그렇지. 하지만 사람들의 일반적인 행동 패턴을 착안해서 접근해 보자고."

"응?"

"일반적으로 사람들은 고민거리가 생기면 어떻게 할까?"

"그거야 일단 술을 마시겠지?"

한국에서 상담 같은 것은 상당한 고가의 서비스이기 때문에 일반적인 서민은 받을 수가 없다.

일반적인 서민이라면 기껏해야 술을 먹거나 담배를 피우는 것으로 고민을 해결하려고 한다.

"그러면 고민이 생겼다면?"

"아하!"

고민이 생겨서 술을 마시고 다녔다면 아마도 그 기록은 카드에 남아 있을 것이다.

"그곳에 가면 무슨 정보든 얻을 수 있지 않을까?"

"넌 진짜 머리 좋다."

나이가 좀 있는 이런 사람들은 자주 가는 단골 술집이 있기 마련이다.

그런 곳에 간다면 그 사람에 대한 정보를 얻을 수 있을지도 모른다.

"당장 조사해 올게."

손채림은 사건을 조사하기 위해 바깥으로 나갔다.

노형진은 손가락으로 탁자를 두들겼다.

"과연 어떤 그림자가 나올지 두고 보자고."

⚖

"홍종한 씨가 죽었다고요?"

손채림이 찾아온 카드 내역에서 홍종한이 가장 술을 많이 사 마신 곳은 집 근처에 있는 돼지 껍데기집이었다.

그곳에서 두 달 전부터 거의 이틀에 한 번 이상 술을 사 마셨던 것이다.

전에도 자주 가던 곳이었지만 운전하는 사람이 이틀에 한 번 이상 술을 마신다는 것은 비정상적인 상황이라는 소리다.

"네. 혹시 그분을 아십니까?"

"알다마다요. 단골이고 제 친구였는데…….. 한데 그 사람이 이번 사건을 일으킨 사람이라고요?"

안 그래도 강력한 대통령 후보가 크게 다쳐서 모두가 관심을 가지고 있는 상황인데, 그 사건을 일으킨 것이 자신의 친구라는 사실에 식당 주인은 당혹감을 감추지 못했다.

"네. 그런데 그분이 이곳에서 술을 많이 마셨던데, 아시는 게 있습니까?"

"으음……."

주인은 한참 침묵을 지켰다.

"혹시 경찰이 오지 않았던가요?"

"네? 왔다면 제가 알았겠지요."

'하긴.'

그랬다면 노형진이 찾아오기 전에 사고 당사자가 홍종한이라는 것을 알았을 것이다.

"이게 도대체 무슨 일인지, 쯧쯧. 진짜 마가 끼는 건지."

"마요?"

"네. 안 그래도 그 사람이 요즘 한숨만 푹푹 쉬더라고요."

"한숨만 푹푹 쉬었다고요? 왜요?"

"딸 결혼식이 코앞인데 목숨이 왔다 갔다 한다는 소리를 들었으니."

"네?"

순간 노형진의 귀가 활짝 열렸다.

목숨이 왔다 갔다 한다니?

설마 누군가에게 협박을 받은 걸까? 그리고 딸의 결혼이 코앞이라고?

'하긴, 결혼 소식 같은 건 전산에는 나오지 않지.'

그러니 일반인들은 무심하게 넘기고 말았을 것이다.

"따님의 결혼이 얼마 안 남았나요?"

"네, 그렇다고 하더라고요."

"설마 결혼 자금이 없어서?"

손채림은 고개를 갸웃했다.

하지만 노형진은 그렇게 생각하지 않았다.

"아니, 그럴 리 없어. 아무리 부모가 돈이 없다고 해도 딸을 결혼시키겠다고 자기 목숨을 버리는 사람은 없다고. 그러면 결혼식이 아니라 초상인데."

"네? 무슨 말씀이신지?"

"아니, 그런 게 있습니다. 그나저나 아까 그 이야기를 좀 들어 볼 수 있을까요? 무슨 일이 있다고 하던가요?"

"곧 딸 결혼식인데 덜컥 암에 걸렸다고 하지 뭡니까."

"암요?"

"네."

전혀 금시초문이었다. 암 이야기는 전혀 없었으니까.

"결혼식이 코앞이니 말은 못 하겠고, 들어 둔 보험은 없고. 설사 보험이 있다고 해도 말기라는데 무슨 소용이 있겠습니까? 그 사람, 참 열심히 살았는데 말이지요."

주인은 혀를 끌끌 찼다.

노형진은 그 이야기를 들으면서 대충 그림이 그려지기 시작했다.

손채림 역시 대충 이야기가 완성되어 가자 얼굴이 사색이 되었다.

노형진의 의심이 현실이 되어 가고 있었기 때문이다.

"갑갑한 현실이네요."

"그렇지요. 없는 집안에서는 결혼만 해도 큰돈이 들어가는데."

그런데 암 진단을 받고 항암 치료를 시작하면 보험이 없으니 돈이 어마어마하게 들어갈 것이다.

"가족에게는 이야기했답니까?"

"차마 못 하겠다고 하더군요."

"그렇겠지요. 참 안타깝네요."

아무리 결혼식이 중요해도 그 사실을 알면 가족들은 어떻게 해서든 그를 치료하려고 할 것이다.

어마어마한 항암 치료비를 생각하면 당연히 결혼식은 못 한다.

최악의 경우에는 결혼식 자체가 미뤄질 가능성도 높다.

'그런데 암이 말기였단 말이지.'

차라리 초기라면 모를까, 말기라서 살 가능성도 높지 않은 데 그 돈을 과연 자신의 항암 치료비로 써야 할까?

아버지로서 그는 어마어마한 고민을 했을 것이다.

"설마……."

"감사합니다."

노형진은 주인에게 감사의 인사를 건네고 바깥으로 나왔다.

손채림은 엄청나게 충격을 받은 얼굴로 그런 노형진을 따라 나왔다.

"어떻게 생각해?"

"설마 내가 생각하는 그게 맞는 거야?"

"상황을 봐서는 그래."

결혼식을 올려야 한다. 그리고 자신은 암 말기이고 살 방법은 없다.

그런데 누군가 다가와서 유혹한다면…….

"결혼식은 올릴 수 있겠지. 상당한 돈도 남길 수 있고."

"이런 개 같은!"

"원래 음모라는 건 그런 거야. 누군가 충성을 다 바쳐서 한목숨을 버리는 게 아니라 누군가를 속여서 죄를 뒤집어씌우는 거지."

아마도 책임감이 강한 사람이라면 모른 척하고 그 조건을
받아들였을 것이다.

"그러면 어떻게 해야 하지?"

"당장 장례식장으로 가야지."

"응?"

"놈들이 이런 걸 노리는 데에는 이유가 있으니까."

노형진은 분노에 차서 가속페달을 밟았다.

⚖️

"그 말이 사실인가?"

"네. 당장 장례식장으로 가야 합니다."

노형진은 신호 따위는 신경도 쓰지 않은 채 운전을 하고
있었다.

그런 과속과 신호 위반으로 목숨이 왔다 갔다 하는데도 유
찬성은 분노로 부들부들 떨었다.

"이런 개자식들."

사정을 듣고 나니 모든 것이 머릿속에 그려진 것이다.

딸과 가족을 생각한 암 걸린 아버지. 돌아올 수 없는 강을
건너야 하는 그가 해 줄 수 있는 것은 하나뿐이다.

"홍종한 씨는 원래 책임감이 강한 사람으로 소문이 나 있

이것이 법이다

더군요. 어떤 식으로든, 가족들을 위해 뭐든 하려고 했을 겁니다."

"크윽."

"문제는 그 암이죠."

노형진은 돌아오자마자 바로 홍종한의 진단서를 떼어 봤다. 그리고 새로운 사실을 알았다.

"암 따위는 없었습니다."

암 따위는 없었다.

진단서의 어떤 곳에도, 암에 대한 내용은 없었다.

그가 갔던 병원을 찾아내는 건 어렵지 않았다. 어차피 카드로 처리했으니까.

하지만 병원 어디에도 암에 관한 이야기는 없었다.

"암이 있다고 거짓말을 한 거지요."

"개자식들!"

요란한 소리를 내면서 달리는 노형진의 차량.

벌써 시속 180킬로미터를 훌쩍 넘는 속도였지만 노형진은 늦출 생각이 없었다.

"놈들이 노리는 건 정확합니다."

"젠장! 우리는 전혀 생각하지 못하고 있었네."

"누구나 그럴 겁니다."

한국에서 사람이 죽으면 보통 삼일장을 치른다.

그리고 변사하면 검찰이 조사하고, 그 조사 결과 문제가 없으면 시신을 유가족에게 넘겨준다.

이런 경우는 사망 이유가 워낙 확실하고 겉보기에는 교통사고에 불과했기 때문에 검찰에서는 시신을 유가족에게 넘겨줬다.

그런데 그게 문제였다.

"삼일장이고, 요즘은 대부분 시신을 화장하지요."

화장을 하면 아무런 증거도 남기지 못한다.

그런데 장례식장에 갔을 때 유가족들은 이미 화장터로 떠난 후였다.

연락을 해서 멈추려고 했지만 도무지 연락이 닿지 않았다.

"화장이 끝나고 나면 모든 증거는 사라지는 셈입니다."

암이 아니라는 증거는 사라지고, 사건은 단순 졸음운전으로 인한 사고로 종결되는 것이다.

"더 밟아!"

"벌써 200입니다. 한계예요."

"젠장, 헬기라도 빌릴걸."

"그럴 시간이 없습니다."

그렇게 말하며 노형진은 미친 듯이 달렸다.

부아앙!

화장터 안으로 들어가는 버스.

차량이 멈추고, 운구가 시작되었다.

"아빠!"

"여보! 흑흑흑⋯⋯."

유가족들의 오열 속에서 운구하는 사람들은 관을 들고 안으로 들어가려고 했다.

그때였다.

"스톱!"

"멈춰!"

저 멀리서 달려오는 사람들.

그들은 다급하게 유가족을 막았다.

"무슨 일입니까?"

"뭐예요?"

장례식을 방해하는 무리가 나타나자 사람들은 당황해서 그들을 가로막았다.

"장례를 중지하세요!"

"아니, 당신들 뭐야!"

"당신들이 뭔데 장례를 중지하라 마라야!"

"이곳 직원입니다. 중요한 일입니다."

"중요해 봤자 뭐가 중요한데? 장례식장에서 뭐가 중요하냐고!"

"홍종한 씨의 타살이 의심됩니다."

"타살?"

"타살이라고?"

다들 우뚝 멈췄다.

타살이라고 하면 그가 살해당했다는 소리가 아닌가?

웅성거리는 사람들.

유가족들도 전혀 새로운 상황에 이러지도 저러지도 못했다.

"어쩌면 심각한 일이 될지도 모릅니다. 상대방이 누군지 아시죠? 이건 테러에 준하는 일입니다."

직원의 말에 유가족들의 눈에는 어두운 그늘이 드리워졌다.

안 그래도 그런 의심을 많이 받고 있는 상황이다. 그런데 테러라니.

"지금 장례비를 다 물어 줄 테니 일단 장례를 중지해 달랍니다."

"⋯⋯."

유가족들은 웅성거리더니 결국 고개를 끄덕거렸다.

"하지만 아버지를 여기에 둘 수는 없잖아요?"

"저쪽에 따로 저희가 운영하는 장례식장이 있습니다. 그곳으로 가세요."

결국 관을 내리다 말고 차는 다시 방향을 돌렸다.

그리고 얼마 지나지 않아 또 다른 차량이 무서운 속력으로 들어섰다.

"멈춰!"

이것이 법이다

"차는? 장례차는?"

뒤늦게 내린 두 사람은 주변을 살피면서 당혹감을 감추지 못했다.

"바보야? 거길 왜 그냥 달려가?"

"연락이 안 돼서……."

"유가족과 연락되지 않으면 화장터 측하고 통화하면 되잖아."

"……."

"너 가끔 맹하다니까."

"그래, 이번에는 네가 우리를 살렸다."

노형진은 안도의 한숨을 내쉬었다.

그가 유찬성과 함께 당황해서 화장터로 가는 사이 손채림은 화장터로 전화해서 상황을 설명하고 장례를 중지시킨 것이다.

"일단 상황을 설명해 주세요."

화장 직전에 장례가 중지되었으니 유가족들은 당장이라도 폭발할 분위기였다.

하긴, 아무런 설명도 듣지 못했으니까.

"일단 한 가지 확인하겠습니다. 혹시 여기 유가족분들 중에서 출처를 확인할 수 없는 거액의 돈을 받은 분이 계십니까?"

"네?"

"무슨 돈?"

"부조요?"

"아니요. 부조가 아닙니다. 출처를 알 수 없는 돈 말입니다."

"그런 게 있을 리가……."

서로를 바라보면서 어리둥절하는 사람들.

그걸 본 노형진은 한숨을 푹푹 내쉬었다.

'어떻게 된 게, 예상에서 벗어나지를 못하는구먼.'

이런 건 가족에게 말할 게 아니다.

어떤 가족도 이런 터무니없는 짓에 동의할 리 없으니까.

당연히 돈을 받게 될 거라는 사실도 전해지지 않는다.

죽는 사람이야 진짜 지푸라기라도 잡는 심정으로 허락한 것이겠지만 지푸라기는 절대로 사람을 지탱할 수 없다.

"사실은 이번 사건을 조사하면서 의심스러운 점이 발견되었습니다."

"의심스러운 점요?"

"네. 홍종한 씨가 말기 암 선고를 받았더군요."

"네? 말기 암요?"

전혀 예상하지 못했던 말에 다들 어리둥절한 표정이 되었다.

"그런 이야기는 전혀 못 들었는데요."

"저도요."

"압니다. 그래서 문제인 겁니다."

노형진은 의심스러운 부분을 이야기했다.

이야기를 다 들은 유가족들은 분노로 부들부들 떨었다.

설마 그런 일이 벌어지고 있을 줄은 몰랐던 것이다.

"그러면 우리 아버지가…… 그런 속임수에 당했다는 거예요?"

"네."

"그러면……."

"여러분들이 사실을 모른다면, 상대방은 돈을 줄 이유가 없지요."

"이런 개새끼들!"

"씨팔! 이게 뭐야!"

유가족들은 분노로 펄펄 뛰었다.

특히 홍종한의 아내는 울다가 기절할 지경이었다.

"그러면 우리를 멈춘 이유가……?"

"정말로 암인 건지 아니면 거짓말을 한 건지 알 수는 없습니다. 그걸 알기 위해서는 어쩔 수 없이 검시를 해야 합니다."

"검시……."

"시신을 검시하지 않으셨지요?"

"네……."

검시를 하고 싶어 하는 유가족은 없다. 죽은 사람을 두 번 죽인다는 생각 때문이다.

특히나 지금처럼 죽음의 이유가 확실한 경우는 더더욱 그렇다.

'하지만 그 근본적인 이유는 좀 다를 수 있지.'

검시란 왜 죽었는지를 조사하는 거지, 왜 죽어야 했는지를 조사하는 게 아니다.

"하지만 병원에서 나온 진단서에는 아무것도 없었다면서요?"

"진단서는 조작하기 쉽습니다. 차트도 마찬가지지요."

"그러면요?"

"그 부분은 저희가 알아서 하겠습니다. 진실이 밝혀질 수 있게 도와주십시오."

유찬성은 유가족들에게 고개를 숙였다.

그러자 유가족은 도리어 고개를 숙였다.

"우리 아버지가 억울하게 죽은 거라면 그 증거를 찾아 주세요. 우리 아버지, 그렇게 억울하게 죽을 만큼 나쁜 짓 한 분이 아니에요."

"걱정하지 마십시오. 시간이 얼마나 지나든 사실을 밝혀 내겠습니다."

유찬성은 다짐했고, 노형진은 안도의 한숨을 내쉬었다.

도마뱀의 꼬리들

"예상대로군."

유찬성은 검시 결과를 받고 신음 소리를 냈다.

홍종한의 몸 어디에도 암의 흔적은 보이지 않았던 것이다.

"제대로 속은 거군요."

노형진은 심각한 표정으로 말했다.

홍종한은 자신이 걸리지도 않은 암에 걸린 줄 알고 테러를 한 셈이 되어 버렸으니 말이다.

그리고 그 뒤에 있는 놈은 조용히 웃고 있을 것이다.

"자네가 아니었으면 어둠 속에 묻혀 버릴 뻔했군."

"저도 어이가 없네요. 아무리 그래도 그렇지."

노형진은 이해가 가지 않았다.

이런다고 해서 정권이 바뀌는 것을 막을 수는 없다.

워낙 큰 실수도 많이 한 데다가 역사와 다르게 여론 조작을 하는 자들을 노형진이 모조리 털어 내 버리는 바람에 여론이 바뀔 가능성도 줄어들었기 때문이다.

그런데 이런 위험한 짓을 하다니.

"문제는, 이것만 가지고는 아무것도 할 수가 없다는 거야. 자네도 알겠지만 말이야."

"압니다."

암에 걸렸다는 것도, 진단서에 나온 부분도 아니다.

그가 자주 다니던 식당의 주인에게 전해 들은 것이다.

진단서에는 암 이야기가 없으니 이걸로 공세할 수가 없다.

어찌 되었건 자신들이 알아낸 것은 정황증거일 뿐, 정확한 증거가 아니다.

"그러면 어쩔 생각인가? 자네에게 뭐, 해결할 방법이 있나?"

"병원을 털어야지요."

"병원을 턴다고 해도 뭐가 있어야지. 저쪽은 이미 차트를 조작해 둔 상황일세."

그런 상황에서 아무리 파고들어 봐야 조작된 증거가 나올 리 없다.

"차트는 조작할 수 있지요. 하지만 카드는 조작할 수 없습니다."

"카드?"

"네. 암 검사가 의사가 문진만으로 알려 줄 만한 것은 아니지 않습니까?"

"아하!"

암은 사람의 목숨이 왔다 갔다 하는 병이라서 병원에서 대충 이야기하지 않는다.

애초에 문진으로 알 수 있는 질병도 아니고 말이다.

문진만으로 알 정도의 질병이라면 그렇게 많은 사람들이 암으로 죽을 이유가 없다.

"검사를 했다면 그에 상응하는 돈을 냈을 겁니다."

"하지만 검사 결과 음성이었다고 하면?"

"당연히 음성이라고 했겠지요. 하지만 약이 있었겠지요. 다른 것도 아니고 암인데, 설마 약도 처방해 주지 않고 보냈을까요? 그리고 지금은 약국과 병원이 따로 되어 있지요."

노형진의 말에 유찬성은 고개를 끄덕거렸다.

"그렇지. 지금은 따로지."

검진은 병원에서 받지만, 약은 특수한 경우가 아니고서야 약국에서 받는다.

"그 부분을 털어 보면 될 겁니다."

노형진은 카드 명세서를 흔들며 말했다.

"과연 그 뒤에 누가 있는지 두고 보자고요."

"여기에 있네요, 홍종한 씨의 명세서."

암에 들어가는 약을 취급하는 곳은 한정될 수밖에 없다.

대부분은 병원 앞에 몰려 있고, 또 그곳에서 카드로 결제했기 때문에 찾는 것은 어렵지 않았다.

"이게 무슨 투약 지도서인가요?"

"어디 보자……. 이건……?"

"왜요?"

"이상한데요. 뭔 놈의 영양제가 이렇게 많이 들어가지?"

약사는 고개를 갸웃하면서 다시 한 번 확인했다.

"이거 누가 만든 거지? 영양제에다 초강력 진통제? 수면제? 기가 막히네. 뭐 이딴 게 다 있어?"

약사는 그걸 보다가 안으로 소리 질렀다.

"영규야! 이거 네가 만들었지?"

"뭘요?"

"이거 말이야!"

안쪽에서 나온 다른 약사는 그걸 보고 고개를 끄덕거렸다.

"네."

"왜 이따위야?"

"왜 이따위긴요. 당연히 병원에서 요구하니까 만들어 준 거지."

"음……."

그걸 본 노형진은 대충 상황이 이해가 갔다.

암도 아닌데 암 치료제를 처방하면 여러 가지로 문제가 될 것이다. 일단 암 센터로 사용 내역이 올라가야 하니까.

"영양제는 그렇다고 쳐도, 진통제랑 수면제는 왜 들어갔는지 모르겠네요."

"저는 알 것 같네요."

암이라고 착각하게 만들어야 하는데 영양제만 먹으면 컨디션이 좋아질 수밖에 없다. 그러니 들어갔을 것이다.

그래야 홍종한은 아프지 않은 이유가 진통제 때문이라고 생각할 테고, 수면제 때문에 매일같이 졸면서 자신의 기력이 떨어졌다고 생각할 테니까.

'거기에다 걸렸을 때도 거짓말하기 좋지.'

안 그래도 졸음운전으로 난 사고로 몰아가고 있는데 수면제까지 먹었다고 하면 당연히 수면제 때문에 졸았다고 생각할 것이다.

"이게 암 치료랑 관련이 있나요?"

"전혀요. 항암 관련 성분은 전혀 없어요."

어깨를 으쓱하는 약사.

"혹시 그거 출력해 주실 수 있습니까?"

노형진은 씩 웃으며 말했다.

"네? 하지만 이건 개인 정보 보호법 위반이라서요."

"걱정하지 마세요. 영장 받아 오겠습니다, 후후후."

　서강인은 자신의 손톱을 물어뜯고 있었다.

　어릴 적의 버릇이 최근 들어 초조함 때문에 다시 나타난 듯했다.

　"이럴 리 없어. 이건 말도 안 돼."

　그는 애써 현실을 부정했지만 그런다고 현실이 바뀌지는 않았다.

　"어떻게 안 거야? 어떻게!"

　그는 홍종한에게 암을 선고했다.

　물론 암 따위는 없었다.

　그저 검은 양복을 입은 사내들의 부탁 아닌 부탁 때문에 한 일이었다.

　그래도 그 대가로 상당한 돈을 받아서, 그 당시에만 해도 흡족했다.

　게다가 나중에 남자가 항의해도 자신은 오진이었다고 하면 그만이니 별일 없을 거라고 생각했다.

　하지만 곧 그 남자가 생각지도 못한 사고를 냈으며, 그 대상이 유력한 대통령 후보라는 사실을 알게 되었다.

　그는 자신은 걸릴 게 없다며 위안했다.

차트는 이미 조작해 둔 데다 그에게 암이라고 했다는 사실을 아는 사람은 없으니까.

그러나 얼마 전 변호사의 방문과 영장 발부가 연달아 일어나면서 정신이 아득해졌다.

변호사는 이미 다 알고 있다며, 사실을 말하라고 종용했다.

그런 적이 없다고 딱 잡아떼기는 했지만, 얼마 후에 당시에 처방한 약에 대한 영장이 나오면서 더 이상 피할 수 없게 되어 버렸다.

"젠장!"

서강인은 질근거리면서 씹던 손톱을 뱉었다.

얼마나 씹었는지 손끝에는 피가 맺혀 있었다.

"그래, 검사해라! 검사해! 어차피 내가 잘못한 건 오진 하나뿐이야!"

홍종한은 오진이 아닌 자동차 사고로 죽었다. 자신이 책임질 일은 없었다.

"마음대로 하라고!"

자신의 사무실에서 그는 허공에 대고 소리를 질렀다.

가슴속 깊이 숨어 있는 공포감을 떨쳐 내기 위해서였다.

⚖

같은 시간, 노형진은 병원에서 발급된 서류를 살피고 있었다.

"확실히 암 환자에게 지급되는 처방은 아니네요."

"그리고 어떤 병도 이딴 식의 처방은 안 받아."

처방을 이리저리 확인했지만 특이한 사실은 없었다.

"암은커녕, 나이를 생각하면 홍종한 씨는 건강한 편이야."

"그렇지."

결국 의사의 말에 놀아났다는 뜻이다.

"유가족들은 뭐래?"

"접촉도 없고 이야기도 없었대. 당연하지. 줄 이유가 없는데 돈을 주려고 하겠어?"

"진짜 치사하다. 그거 하나 믿고 목숨을 바쳤는데 그렇게 나온다고?"

"접촉한다는 것은 흔적을 남긴다는 뜻이야. 저들은 흔적을 남기고 싶지 않겠지."

"하지만 약속했잖아?"

"약속? 계약도 지키지 않는 세상인데 약속이 무슨 대수야? 거기에다 다른 사람은 모르는 약속인데."

"끄응……."

혹시 하며 좀 기다려 봤지만 역시나 그들은 접촉해 오지 않았다.

"위험도 때문 아니야?"

"그럴 수도 있지. 중요한 건, 우리는 그들이 접촉해 와야 추적이 가능하다는 거야."

"하지만 어떻게? 상황을 봐서는 한다 해도 대선이 끝난 후에나 접촉할 것 같은데."

"흠……."

노형진도 그 점이 걱정이었다.

지금 접촉하는 것은 정치적으로도 상당한 부담이 된다.

그러니 흔적을 남기지 않기 위해서라도 대선 이후에 접촉할 가능성이 높다.

"방법은 하나뿐이지."

"어떤 방법?"

"저들에게 돈을 달라고 하는 것."

"어떻게?"

"그건…… 비밀이야."

노형진은 씨익 웃었다.

⚖

"이곳인가요?"

"네."

노형진은 방 안으로 들어가며 물었다.

홍종한이 살던 빌라, 그가 쓰던 방. 그 방에는 여러 가지 물건이 가득했다.

"이곳에 뭐든 있을까요? 저희가 이야기를 듣고 이리저리 찾아봤지만…….”

홍종한의 동생은 고개를 흔들며 말했다.

형이 이용당했다는 사실을 알고 화가 머리끝까지 나서 온 방 안을 뒤졌지만 딱히 나온 것이 없었다.

“그건 사람마다 다릅니다. 누군가에게는 그저 그런 물건일지라도 변호사에게는 훌륭한 증거가 될 수 있지요.”

“네.”

“그러면 이곳은 제가 찾아보겠습니다. 나가 주세요.”

“네.”

동생이 나간 후에 노형진은 한숨을 쉬었다.

“핸드폰이 있으면 좋았을 텐데.”

하지만 핸드폰은 없었다.

사고가 날 당시에 현장에 있었을 법한데, 증거 목록에도 유류품에도 들어가지 않았다.

당연히 유가족에게 반환되지도 않았고.

“안 봐도 뻔하지만.”

핸드폰은 통화 내역이 저장된다.

당연히 통화한 상대방 전화는 대포폰일 테지만…….

“하지만 녹음했을 수도 있으니까.”

녹음을 했다면 범인이 누구인지 알 수는 없지만 사주받았다는 사실은 증명할 수 있다.

그렇다면 현 상황에서 그게 누군지 예상하는 건 어렵지 않다.

당연히 핸드폰을 넘겨주지 않으려고 할 것이 뻔했다.

"오랜만이네."

노형진은 주변을 보면서 손가락을 꿈지럭거렸다.

사이코메트리. 노형진이 가진 능력.

"요즘은 잘 안 쓰기는 했는데."

사실 사이코메트리 능력을 쓰면 진실을 아는 건 어려운 일이 아니다.

하지만 변호사로서 진실을 아는 것과 진실을 증명하는 것은 전혀 다르기 때문에 특별한 경우가 아니면 안 쓰게 되었던 것이다.

"하지만 지금은 어쩔 수 없지."

상대방이 해 온 방식을 보면 프로가 분명하니 증거를 흘렸을 리 없다.

그러면 방법은 하나뿐.

"자…… 찾아보자고."

노형진은 천천히 방 안의 물건에 손을 대기 시작했다.

사람이 많이 생각할 만한 물건부터 하나씩 말이다.

이불과 베개 그리고 남아 있는 것들과 신발 등등.

그리고 얼마 지나지 않아서 그 흔적을 찾을 수 있었다.

"진짜인가요?"

절박함이 가득 담겨 있는 목소리.

노형진이 기억을 읽어 낸 것은 다름 아닌 수건이었다.

아마도 그걸 붙잡고 눈물을 흘렸던 모양이다.

아무도 없는 집에서, 혼자 자식과 아내를 도울 수 있는 방법을 찾으며.

'개새끼들.'

노형진은 그걸 통해 전해지는 진한 감정에 저도 모르게 손을 떨며 입술을 깨물었다.

그 절박함, 포기할 수밖에 없는 상황.

그럼에도 불구하고 자식을 위해 자신을 바치고자 하는 아버지의 마지막 마음.

"하라는 대로 하면 10억을 주신다는 거죠?"

"그렇습니다. 그냥 사고를 위장하시면 됩니다."

"어차피 죽을 목숨이라면 그러겠습니다. 진짜로 약속해 주시는 거죠?"

"약속합니다."

기억 속에서 홍종한은 그 차가 문태현의 차라는 사실을 모르고 있었다. 그는 그 차가 어느 재벌의 차량이며, 재산 싸움으로 인해 자신에게 이런 부탁을 하는 것으로 알고 있었다.

"하지만 당신들을 어떻게 믿고요?"

"하기 싫으면 안 하셔도 됩니다. 강요하지는 않습니다."

'강요하지 않는다고? 헛소리하고 자빠졌네.'

저런 상황이면 그 상황 자체가 강요다.

하지만 상대방은 그걸 알고 있으면서도 강요는 아니라는 헛소리를 하고 있었다.

"돈은 사후에 즉시 가족들에게 전달될 겁니다. 물론 관련 증거를 본인이 남기면 안 되지요."

"네? 그러면 어떻게 알고요!"

"어차피 당신은 사건의 중심에 섰습니다. 당신이 살든 죽든, 우리는 약속을 지킬 겁니다. 물론 약속이 지켜지지 않는다면 우리도 비밀을 지키기 위해 조치를 취해야겠지요."

"……."

시키는 대로 하지 않고 가족들에게 사실을 말하면, 비밀을 지키기 위해 가족들을 죽일 수도 있다는 협박.

그 말에 홍종한은 입을 다물었다.

자신이 선택할 수 있는 카드는 애초부터 없었다는 걸 알았기 때문이다.

"시키는 대로 하겠습니다."

만일 멀쩡한 상황이라면 당장 경찰서로 달려갔을 것이다.
하지만 자신이 죽을 것이라는 사실과 암 치료를 하려면 어
마어마한 돈이 들어갈 것이라는 예상하에서, 그는 결국 그들
의 계획에 말려들 수밖에 없었다.

"하지만 그 차가 어떻게 움직이는지 알 수가 없는데요."
"그건 우리가 알려 줄 겁니다. 그들이 움직임은 우리가 알
고 있으니까요."

남자의 차가운 목소리.
그리고 그 목소리를 들은 노형진은 그의 실수에 속으로 환
호성을 지를 뻔했다.

"차량이 있는 곳으로 우리가 데려다줄 겁니다. 내일 아침
에 우리 차를 따라오면 됩니다. 차량 번호는……."

"차량 번호?"
"네. 메모지를 발견했습니다."
"그게 뭔데?"
"사실 아무리 주행 중이라 해도 빠르게 달리는 차 중에서

어떤 게 문태현 의원의 차인지 정확하게 알 수는 없지 않습니까? 그걸 알아볼 수 있게 수작을 부려 놨더군요."

상식적으로 달리는 차 안에 앉아 맞은편에서 오는 모든 차량의 번호를 아는 것은 불가능하다.

한국 사람들은 대부분 비슷한 색의 차를 선호한다.

검은색, 흰색, 아니면 은색 계통의 색을 좋아하고, 한국에서 나오는 차량들의 모양은 비슷하다.

특히나 고급 사양의 차들은 더더욱 그런 면이 심하다.

당연히 문태현의 차량을 알아보고 그대로 들이받은 것은 그의 차를 알아볼 방법이 있었다는 것이다.

"아! 그쪽으로는 생각하지 못했군."

"사고만 생각했지, 목표인 차를 정확히 알아내야 했을 거라는 건 나도 몰랐네."

"그러니까 누군가 그 차량을 구분하게 도움을 준 거야."

"어떤 식으로?"

"이게 그 차량 번호야."

한 대의 차량이 앞에서 홍종한을 리드한 것이다.

그리고 문태현의 차량에 표시할 만한 다른 차량이 붙어서 따라왔다.

두 차량은 서로 연락을 주고받으면서 계획된 지점에 맞게 도착하게 속도를 조절했을 것이다.

"문태현 씨의 차량에 붙어 있는 블랙박스를 확인해 봤으니다. 그런데 이런 장면이 있더군요."

당사자가 타고 있던 블랙박스 영상은 특이한 사항이 없었기 때문에 경찰도 별 의심 하지 않고 복사해 줬다.

그런데 그 블랙박스 영상의 마지막에 보이는 것은, 저 멀리 사라져 가는 붉은색의 스포츠카였다.

"아주 눈에 잘 보이는구먼."

유찬성은 그걸 보면서 얼굴을 찌푸렸다.

"이런 식이면 차량을 놓칠 리 없지요."

선두 차가 진행하면서 장소를 특정하고, 표적이 접근하면 뒤에 따라오는 차라고 하면 된다.

붉은색의 스포츠카는 눈에 확 들어오는 차량이다. 그러니 그 뒤에 있는 차량에 들이받으라고 하는 것은 어려운 일이 아닐 것이다.

"그리고 교통사고가 났는데 앞에 있는 차량을 의심하는 사람은 없지요."

"확실히 그렇겠군."

사고 당사자도 아니고 앞서간 차량이다. 그러니 누구도 의심하지 않을 것이다.

"저 차량을 추적하면 뭐든 나오겠군."

"이미 추적 중입니다."

노형진은 씩 웃었다.

차량의 소유주는 '최강물산'이라는 곳이었다.

공식적으로는 수출입을 전문으로 하는 기업이지만…….

"이런 차량을 굴릴 정도의 능력이 안 돼요."

말이 수출입 전문 기업일 뿐 수익이 많은 것도, 그렇다고 전문적인 곳도 아니다.

사실상 적자가 날 것이 뻔한 기업이다.

월급이 나간 흔적은 있는데 영업이익은 거의 없으니까.

"전형적인 은폐 기업이군."

"네."

은폐 기업, 그러니까 자금 세탁이나 신분 세탁을 위해 정부 기관에서 운영하는 곳을 말한다.

"수출입 기업이 아무래도 움직이기는 좋지요."

세계 각국으로 직원을 파견 보내야 하는 기업이니까.

그런데 정부에서 일하다 보면 당연히 세계 각국을 다녀야 한다.

"으음……."

"왜 그러십니까?"

"자네는 이게 얼마나 심각한 일인지 모르겠나?"

"압니다. 알기 때문에 나서는 겁니다."

"이 후폭풍이 얼마나 강할지도 알지 않나?"

"당연히 알지요."

정부에서 운영하는 신분 세탁 기업.

그곳이 등장했다는 것은, 이번 사건에 국정원이 개입했을 가능성이 높다는 뜻이기 때문이다.

"예상하고 시작한 거 아닌가요?"

"그렇기는 한데……."

"그리고 확실하게 처리해야 합니다. 아시지요? 이번에 놔두면 다음 대상은 유찬성 의원님이 될 수도 있습니다."

"하아……."

정치적 라이벌을 조용히 사고로 처리할 수 있다면 어떤 정치인이든 유혹을 느끼지 않을 리 없다.

결과적으로 자신에게 위협이 된다고 생각한다면 죽이려고 들 가능성이 높다.

그리고 유찬성은 그런 사람들 중 한 명이고.

"하지만 어떻게 고발해야 하지? 증거가 없잖나?"

"찾아가면 됩니다."

"뭐라고?"

"저들은 이쪽에 증거가 없다고 생각하지요."

"하지만 있는 것처럼 행동하면 된다 이건가?"

"네."

"……."

위험한 일이다. 하지만 확실히 가능한 일이다.

문제는, 그걸 할 수 있는 이는 유가족뿐이라는 것이다.

"그가 찾아가야 하나? 그러면 의심할 텐데."

노형진은 고개를 흔들었다.

"아니요. 찾아갈 필요는 없지요."

"어째서?"

"저들은 국정원이니까요."

그리고 그들의 생리를 노형진은 누구보다 잘 알고 있었다.

턱!

신문을 보던 사람은 자신의 앞에 다짜고짜 앉는 남자를 힐 끗 올려다보았다.

그 남자는 상당히 화가 난 얼굴을 하고 있었다.

"누구슈?"

"왜 약속을 지키지 않는 겁니까?"

"약속? 무슨 약속?"

"10억 말입니다, 10억."

"10억?"

"그래요. 형님한테 약속했던 10억을 왜 안 주는 겁니까!"

"이 사람이 미쳤나? 아니, 왜?"

"말 돌리지 맙시다. 나도 녹음한 거 다 들었으니까."

남자의 얼굴근육이 파르르 떨렸다.

"형님이 그렇게 간 게 당신들 좋으라고 그런 줄 압니까? 애들 위해서 목숨 내놓은 건데, 당신들은 아예 모른 척하네요?"

"무슨 말씀이신지 모르겠는데."

남자는 애써 모른 척했다.

하지만 홍종한의 동생은 비릿한 미소만 떠올릴 뿐이었다.

"뭐, 대신 10억 내실 분은 많으니까."

"뭐요?"

"야당에서는 더 주면 더 줬지 안 줄 것 같지는 않던데."

"잠깐! 그게 무슨 말입니까!"

"돈 출처야 내 알 바 아니고 난 돈만 받으면 그만이니까, 마음대로 하쇼!"

홍종한의 동생은 자리를 박차고 일어났다.

그리고 그곳을 떠나려다가 남자의 얼굴을 노려보면서 차갑게 말했다.

"내가 어떻게 해서든 형님 목숨값은 꼭 받아 낼 테니 그렇게 아쇼!"

멀어지는 홍종한의 동생을 당황한 표정으로 멍하니 바라보는 남자.

골목을 돌아서 그가 사라지자 남자는 툴툴거리면서 다시 신문을 펼쳤다.

그리고 코너 뒤에 숨어서 기다리던 노형진은 가쁜 숨을 몰아쉬는 동생을 진정시켰다.

"잘하셨습니다. 이제 저쪽은 움직일 수밖에 없지요."

"개자식들. 그런데 저놈이 맞습니까? 네? 맞아요?"

"네, 맞습니다. 저들에게는 나름의 방식이 있거든요."

국정원 같은 곳은 표적이 확실해지면 절대 놔두지 않는다.

특히나 사건이 벌어진 후에는 더더욱 그렇다.

그리고 그 표적은 다름 아닌 홍종한.

그는 죽었지만 그가 뭘 남겼는지는 확실하지 않은 상황이다.

"전 당연히 유족을 감시할 거라 생각했지요."

그래서 주변을 살폈다.

아나나 다를까, 특이한 사람들이 몇몇이 보였다.

주변에서 흔하게 볼 수 있지만 정작 동네에서는 볼 수 없는 사람들.

가령 저 남자의 경우 커피숍에서 신문이나 보면서 소일거리 하지만 요즘 같은 시대에 그렇게 소일거리 하면서 시간을 죽이는 사람은 없다.

하물며 시내도 아니고 동네 커피숍에서?

그것도 날마다 같은 자리에 앉아서?

'다른 자리에서는 이쪽이 안 보이거든.'

그리고 좀 떨어진 곳에 있는, 호떡을 파는 아줌마.

누가 봐도 평범한 아줌마다.

하지만 이곳은 호떡이 팔릴 만한 위치가 아니다.

애초에 지금은 호떡을 팔기에도 좀 이른 시점이고.

노형진은 시험 삼아서 다른 사람 명의로 민원을 넣었다.

애초에 호떡을 파는 곳은 노점이니까.

그러나 어쩐 일인지 그 아줌마에 대한 어떠한 조치도 취해지지 않았다.

"후우, 후우…… 왜 제가 꼭 이래야 합니까?"

"그나마 이성적이시니까요. 다른 유가족들은 이런 일을 하시기 힘들 겁니다. 더군다나 이런 일이 생기면 고민을 누구에게 털어놓을까요?"

"……."

결국 믿을 만한 사람에게 털어놓을 것이다.

절대 아들이나 아내에게 말할 수 있는 건 아니니.

"하지만 저도 아는 게 없는데요."

"그건 중요하지 않지요."

중요한 것은 저들이 그걸 모른다는 것이다.

그리고 이쪽에서 움직였으니 반응을 보여야 한다는 것이다.

"하지만 꼼짝도 안 하는데요?"

"저들은 프로니까요. 아마 우리가 지켜보고 있을 것을 감안하고 있을 겁니다. 다급하게 움직이면 사실을 인정하는 것이지요."

"그러면 이제 어쩌지요?"

"당연히 돈을 받으셔야지요."

"네?"

노형진의 말에 홍종한의 동생은 고개를 갸웃했다.

⚖️

얼마 후, 국정원에서 접촉해 왔다.

물론 정확하게는 국정원이 접촉한 것이 아니었지만.

"보험회사에서 나왔습니다."

얍삽하게 생긴 남자는 웃으면서 말했다.

"사고로 사망한 홍종한 씨에 대한 보험금 지급 건으로 나왔는데요."

그는 웃으며 말했지만 노형진은 그가 국정원에서 나왔다는 것을 알고 있었다.

'홍종한은 가입한 보험이 없지.'

거기에다가 보험회사는 사망자가 발생했을 때 보험금을 유가족이 신청해야 지급하지, 알아서 먼저 지급하지 않는다.

그런데 아무런 이야기도 없었는데 보험금을 지급하겠다고 먼저 오다니.

"보험요?"

"네. 홍종한 씨가 가입하신 10억짜리 보험인데요."

10억. 노형진이 읽어 냈던 기억 속의 금액.

"그걸 지급하겠습니다."

"그러면 계좌로 주시는 건가요?"

"계좌는 힘들고요. 현금으로 지급하겠습니다."

보험회사가 돈을 현금으로 주는 경우는 없다.

그런데도 굳이 현금으로 지급하겠다는 것은 스스로 보험회사가 아니라는 걸 인정하는 꼴이다.

"그러지요."

홍종한의 동생은 고개를 끄덕거렸다.

돈을 받을 수 있다면 형수와 아이들의 생활은 많이 나아질 것이다.

'그리고 형님에 대한 복수도 할 수 있겠지.'

저들에게 속아서 목숨을 버려야 했던 형님에 대한 복수를 원하는 그는 그들을 좋게 볼 수가 없었다.

"일단 수령 장소는 댁으로 하시겠지요?"

"네."

"알겠습니다. 준비가 되는 대로 찾아오겠습니다."

남자는 고개를 끄덕거렸다.

사실 다른 곳으로 해 봐야 의미가 없다.

저쪽은 국가의 공무원이고, 유가족을 추적하려 한다면 이쪽에서는 숨을 수가 없으니까.

그러니 집에서 그들을 맞이하는 게 정상이다.

'그리고 노 변호사님이 그랬지, 장소가 어디건 자신들이 잡아낼 수 있다고.'

애초에 목적은 돈을 받는 게 아니었다.

물론 아예 안 받지는 않을 것이다. 하지만 부족분만큼 야당에서 채워 주기로 했다.

그 대신에 돈을 주러 온 요원들과 범인들을 잡는 것이 노형진의 목적이었다.

"그러면 시간을 정해 주십시오."

"조만간 연락드리겠습니다."

고개를 숙이고는 떠나는 요원을 차갑게 바라보는 유가족들.

동생은 그들이 나가자 서랍에서 노형진이 건네준 핸드폰을 꺼냈다.

추적을 방지하기 위해 미리 준비한 대포폰이었다.

그리고 화장실로 가서 샤워기를 틀어 두고 전화를 걸었다.

"노 변호사님, 접니다. 네, 그들이 다녀갔습니다."

⚖

"준비는 끝났나요?"

"네."

노형진은 그들을 잡을 준비를 하고 있었다.

야당의 국회의원들과 사람들 그리고 관련 기자들까지 모조리 대기하고 있었다.

'과연 무슨 말을 할지 궁금하네.'

애초에 줄 생각이 아니었다고 하지만 그건 어디까지나 이쪽이 모를 때다.

이미 알고 있고, 관련된 증거가 있다고 언론에 공개하면 이야기는 달라진다.

안 그래도 많은 의심을 받고 있는 상황에서 말이다.

"오늘이 바로 디데이입니다. 오늘 이후에 국정원은 꼼짝도 못 할 겁니다."

"도대체가 국정원이 왜 국내 정치에 개입하는 건지 모르겠군."

"권력이라는 게 그런 거죠."

노형진은 송정한의 말에 씁쓸하게 말했다.

권력을 가져서는 안 되는 조직이 권력을 가지는 순간 부패하는 것은 당연하다.

왜냐하면 부패하지 않으면 그 권력을 빼앗기게 되니까.

가령 대통령 경호실이 한때 무소불위의 권력을 휘두른 적이 있었다.

하지만 상식적으로 대통령 경호실은 경호하는 곳이지 정치하는 곳이 아니다.

그런데도 권력을 가졌고, 그걸 지키기 위해 수많은 사람들이 목숨을 잃어야 했다.

"오늘이 지나면 아마도 그들은 꼼짝도 못 할 겁니다."

"그래, 그들만 해결된다면 다음 대선도 훨씬 쉬워지겠지."

유찬성은 한숨을 내쉬면서 말했다.

안 그래도 집요하게 선거 직전에 사전 선거운동을 하는 자들이 있었다. 누구인지 예상이 갔지만 잡을 수가 없었다.

"오늘 잡아내면 일단 저들은 꼼짝도 못 하겠지."

다른 사람도 아니고 대통령 유력 후보에 대한 테러라니.

아마도 선거가 끝나고 정권이 바뀌게 된다면 국정원이라는 조직 자체가 날아가 버릴 가능성이 높다.

"확실하게 준비하셨지요?"

"네."

이대로 터트리면 사실상 선거는 끝난 것이나 마찬가지다.

노형진은 마지막으로 점검하고 약속 장소로 가기 위해 일어섰다.

그런데 문이 벌컥 열리면서 손채림이 당혹스러운 표정으로 들어왔다.

"큰일 났어!"

"큰일? 무슨 큰일?"

"서강인이 죽었어!"

"뭐?"

"이거 봐 봐!"

손채림은 다급하게 신문을 건넸다.

신문 부고란에 서강인의 이름이 있었다.

"설마?"

서강인이 죽었다는 사실에 노형진은 얼어붙었다.

"무슨 일인가?"

유찬성은 노형진이 움직이지 않자 무슨 일인가 하고 다가왔다.

"서강인이 죽었습니다."

"서강인? 서강인이면 그 진단을 내린 의사 아닌가?"

"네."

"동명이인이 아니고?"

"아닙니다. 이거 보세요!"

노형진은 신문을 내밀며 말했다.

사회적으로 어느 정도 힘이 있는 사람들은 죽으면 부고라는 것을 내기 마련이다.

서강인은 대학 병원에서도 상당한 자리에 있는 사람이다 보니 그가 죽었다는 것을 알리기 위해 가족들이 신문에 부고를 실은 것이다.

"큭."

그리고 그 부고란에는 동명이인으로 착각될 여지를 없애기 위해 간단한 약력도 함께 싣는다.

그런데 거기에 적혀 있는 서강인의 약력은 자신들이 아는 그 사람이었다.

"어째서?"

전혀 예상하지 못했던 일이다.

물론 사람이 죽는다는 것은 우연히 벌어질 수 있는 일이다. 하지만 타이밍이 너무나도 좋지 않았다.

"왜 죽었는지 알아냈어?"

"나도 지금 확인한 거야. 듣기로는 산에서 실족사했대."

"산에서?"

"그래."

실족이라는 것은 말 그대로 우연이라는 건데…….

우연치고는 타이밍이 너무 나쁘다.

더군다나 당장 자신들은 그들을 만나러 갈 생각이었던 상황.

"젠장, 당했다."

"당하다니?"

노형진은 대꾸 없이 전화기를 들었다. 그리고 다급하게 전화를 걸었다.

뚜르르, 뚜르르.

통화 연결음이 들렸으나 상대방이 받지 않자 노형진은 입술이 바짝바짝 말랐다.

"제발…… 제발…….."

아무리 기다려도 전화를 받지 않자 노형진이 다급하게 전화를 끊고 나가려고 하는 순간, 누군가의 목소리가 들렸다.

─누구십니까?

그 익숙한 목소리에 노형진의 입에서는 순간 안도의 한숨가 아닌 다급한 목소리가 터져 나왔다.

"어디십니까! 지금 누구누구 있어요!"

－지금 가족들이랑 같이 있습니다, 그놈들이 잡혀가는 꼴을 두 눈으로 보고 싶어서.

"당장 그곳에서 나오세요!"

－네?

"당장 그곳에서 나오시라고요! 우리가 당했습니다!"

상식적으로 이런 상황에서 서강인이 죽는 것은 정상적이지 않다.

저들은 자신들이 서강인을 안다는 것을 모르기 때문이다.

그런데 죽었다?

그렇다면 저들이 선택한 것은 단 하나.

－당장 나오라고요?

"네! 당장 나오세요! 저들은 약속을 지킬 생각이 없습니다!"

－그게 무슨 말씀이십니까?

"일단 나오세요! 나와서 사람이 많은 곳으로 가세요!"

－저기, 지금 상황이 이해가 안 가는데요.

"나중에 이야기하겠습니다! 일단 나오세요!"

노형진은 다급하게 전화를 끊고 일어났다.

"당장 현장으로 갑시다."

"왜 그러나?"

유찬성은 어리둥절해하며 물었다.

방금은 나오라고 하더니 갑자기 다시 현장으로 가다니.

"서강인이 죽었다는 것은 저쪽이 흔적을 지우는 쪽으로 방향을 잡았다는 뜻입니다. 우연일 수도 있지만 예상이 사실이라면, 증거와 함께 증인들까지 한꺼번에 날려 버릴 방법을 찾으려고 할 겁니다."

"으음......."

유찬성의 얼굴이 붉어졌다.

"지금 유가족들은 현장에 모여 있습니다. 저들에게는 절호의 기회입니다."

노형진은 다급하게 차를 몰았다.

그렇게 얼마나 갔을까?

현장에 도착했을 때쯤. 갑자기 저 멀리서 엄청난 충격이 몰려왔다.

쾅!

"으악!"

주변의 유리창이 깨지면서 사람들이 바닥을 나뒹굴었다.

노형진은 다급하게 차를 세우고 그 현장으로 향했다.

그리고 코너를 돌았을 때 그의 눈에 들어온 것은 불타고 있는 집이었다.

"이, 이런......."

얼마나 큰 폭발이었는지 주변의 창문이라는 창문은 모조리 깨지고 사람들은 신음 소리를 내고 있었다.

"아이고......."

"끄으응......."

"미친……."

노형진은 그곳을 보고 입술을 질끈 깨물 수밖에 없었다.

—이번 사고는 도시가스가 폭발한 사건으로, 주민이 가스를 잠그지 않은 상태에서 외출하여 발생한…….

—이번 사건으로 인해 사망자는 없지만 1억 원 이상의 재산 피해가 발생했습니다.

"젠장!"

노형진은 그걸 보고 뉴스를 꺼 버렸다.

손채림은 옆에서 한숨을 쉬었다.

"가스폭발이라……."

확실히 가스폭발은 맞다.

다만 그게 우연이 아니라는 게 문제다.

"참, 마법처럼 바로 아래서 일어난 사건이다. 그렇지?"

"그래."

다른 곳도 아니고 바로 아랫집에서 벌어진 사건이다.

웃긴 사실은, 그 아래층에 사는 사람이 집을 팔고 이사 간지 얼마 되지 않았다는 것.

"우연치고는 참 고약하죠?"

"우연이라고? 그럴 리가 있나."

유찬성은 고개를 절레절레 흔들었다.

우연일 리 없다.

마법처럼, 해당 교통사고를 조사한 경찰도 그 사건 이후에 과로로 죽었으니까.

관련자 중 사실을 알 수밖에 없는 사람들이 모조리 죽었다.

"당에서는 뭐라고 하던가?"

"방법이 없다고 하더군. 누가 봐도 일반적인 사고니까. 뉴스에서도 그렇게 말하고, 우리가 의심을 한다고 해도 증거도 없고."

"역시 그렇군요."

"문제는 유가족들일세. 그들은 어떤가?"

"제 말대로 일단은 해외로 나가서 살기로 했습니다."

노형진은 눈을 찌푸렸다.

아마도 저들은 일이 이렇게 될 거라 생각하지 못했을 것이다.

하지만 손채림이 부고를 보고 그들의 계획을 알아차리는 바람에 계획이 실패한 것이다.

"그냥 다시 한 번 건드려 보는 건 어때?"

"무리야. 우리에게 증거가 없다는 걸 알 거야."

이런 일을 당하고 나서도 돈을 달라고 들이대는 것은 도리어 말이 안 된다.

정상적인 상황이라면 그 증거를 다른 쪽에 팔거나 공개하려고 할 것이다.

"그런데 진짜 증거는 없거든."

노형진이 읽어 낸 정보일 뿐, 증거는 없다.

결과적으로 돈을 달라고 찌르는 행위가 이쪽이 증거가 없다는 증거가 될 뿐이다.

"최선은 화재로 증거가 사라졌다고 믿게 만들어야 해. 정치적인 승리도 중요하지만, 유가족의 목숨까지 위험하게 만들 수는 없어."

증거가 없다고 생각한다면 더 이상 유가족을 건드리지는 않을 것이다.

"만일 또 건드리면 다시 살해하려고 할 수도 있고."

"음……."

"없는 증거 때문에 유가족을 위험하게 만들 수는 없어."

노형진은 자신의 실수를 인정할 수밖에 없었다.

상대방이 이렇게까지 극단적으로 나오리라고는 미처 예상하지 못했다.

"일단은 해외로 나가는 방법뿐이야."

물론 죽이지는 않을 것이다.

증거가 사라진 상황에서 섣불리 움직이면 도리어 다른 일이 될 수도 있으니.

하지만 국정원이 사람을 괴롭힐 수 있는 방법은 하나뿐만이 아니다.

실제로 모 인터넷 논객은 국정원의 괴롭힘으로 인해 집안이 망하고 본인은 정신이상까지 겪어야 했다.

국가라는 조직은 사람을 말려 죽이는 데에 어려움이 없으니까.

"하지만 그들을 보호할 수 있는 게 없잖아? 사실 국정원쯤 되면 해외에도 킬러를 보낼 수 있는 거 아냐?"

"그건 그렇지. 그럴 수 있어."

노형진은 씁쓸하게 말했다.

"그러니까 저쪽에서 건드리지 못하게 선을 그어 놔야지."

"어떻게? 방법이 없잖아. 우리가 하지 말라고 한다고 그만둘 리도 없고."

"그만둘 리 없지. 하지만 우리가 그들의 블랙 요원을 알고 있다면 어떨까?"

"블랙 요원?"

"전에 내가 최강물산에 대해 조사해 두라고 했지?"

"아하!"

노형진의 말에 손채림은 탄성을 질렀다.

그러자 듣고 있던 유찬성이 고개를 갸웃했다.

"그게 무슨 말인가? 최강물산이라니?"

"국정원이 운영하는 유령 기업입니다. 자금 세탁이나 소속 요원의 신분 세탁용이지요."

"설마……."

"네. 그곳에 명단을 입수해 둔 상황입니다."

물론 그중에는 일반인 직원도 일부 있을 것이다.

그러나 거기에 속해 있다는 것 자체가 국정원 요원이라는 가장 확실한 증거다.

"익명으로 국정원에 협박할 겁니다. 단순한 협박 메일을 해외를 통해 익명으로 발송하는 건 어렵지 않을 테니까요."

하지만 요원들의 이름을 거론하면서, 유가족들에게 무슨 짓을 할 경우 요원들의 정보를 적성 국가에 넘기겠다고 하면 국정원은 난리가 날 것이다.

"이쪽에서는 몇몇만 거론하는 것뿐이지만 저쪽에서는 이쪽이 얼마나 알고 있을지 알 수가 없으니까요."

그리고 신분이 드러난 국정원 요원은 써먹으려야 써먹을 수가 없는 존재가 된다.

결과적으로 그들은 화이트 요원으로 돌리든가 해직 대상이 된다. 최강물산 역시 정리해야 하고.

"그 정도 일을 하려면 국정원도 당분간은 정신이 없을 겁니다."

"그리고 그런 위험을 무릅쓰고 굳이 도망간 유가족을 쫓아가지는 않겠군."

"그럴 겁니다."

노형진은 착잡한 표정으로 말했다.

이번 계획은 다 좋았는데, 저들은 이미 돌이킬 수 없는 선택을 하는 쪽으로 방향을 잡은 듯했다.

'젠장.'

하긴, 의문사가 그렇게 많았던 정부이니 정상적인 선택을 기대한 것이 도리어 이상했던 것인지도 모른다.

"하지만 여전히 이해가 가지 않는 게 있습니다."

"선거 말인가?"

"네. 어차피 이번 선거에서는 여당이 질 수밖에 없습니다. 문태현 후보가 있든 없든 말이지요."

워낙 많은 실책을 저질렀고, 노형진 때문에 그들의 추문이 워낙 많이 드러났기 때문이다.

"그런데 굳이 이런 위험한 짓을 하면서까지 사고를 낸 이유를 모르겠습니다."

"음…… 나도 잘 모르겠네. 문태현 후보가…… 아니, 이제는 후보도 아니지. 하여간 문태현 의원이 워낙 깔끔한 타입이니까 그런 걸 수도 있겠지."

"그런 걸까요?"

확실히 문태현 후보는 다른 의원들에 비해 더러운 꼴을 못 보는 타입이기는 하지만…….

'고작 그런 이유로?'

노형진은 그렇게 생각하면서, 어쩌면 그럴지도 모른다는 생각에 머리를 흔들었다.

인간이 얼마나 사소한 이유로 상대방을 죽이는지 대부분

의 사람들은 아마 모를 것이다.

"결국 이번 사건은 찝찝함만 남기고 끝나는군요."

아마도 그 찝찝함은 상당히 오래갈 것 같았다.

이것이법이다

포교가 아니라 선전포고

딩동.

신경을 건드리는 날카로운 소리에 노형진은 움찔했다.

눈끝이 파르르 떨렸다.

하지만 그는 일어나지 않았다. 아니, 일어나지 않으려고 노력했다.

'자야 해······. 자야지······. 잠 좀 자자······.'

지난번 사건 때 워낙 제대로 잠도 못 자고 고생해서, 간신히 시간을 냈다.

당장 쓰러져 죽어도 이상하지 않을 정도로 지친 상태였던 것이다.

그러니 자야 한다고 생각하면서 애써 참았다. 그러나······.

딩동, 딩동, 딩동, 딩동.

끊임없이 울리는 소리에 노형진은 어쩔 수 없이 일어났다.

그리고 이를 박박 갈면서 거실에 있는 인터폰으로 향했다.

"누구세요?"

―좋은 말씀 드리러 왔습니다.

"필요 없습니다."

―천국 가셔야지요. 좋은 말씀 듣고 천국 가세요.

"필요 없다고요."

―천국에 가시려면 하늘님의 말씀을…….

노형진은 더 이상 듣지 않고 인터폰을 뚝 끊었다.

그리고 이를 박박 갈았다.

"아오…….

잠 좀 자야 하는데 이런 식으로 찾아오니 죽을 맛이었다.

"그래, 이제 안 오겠지."

그는 그렇게 생각하면서 침대로 다시 기어들어 갔다.

"지금부터 자면 열 시간은 잘 수 있을 거야. 열 시간은…….

워낙 피곤하면 잠도 잘 오지 않는다는 말이 있다.

노형진은 어떻게 해서든 잠을 자기 위해 머릿속으로 양을
세기 시작했다.

그렇게 양이 대략 백스무 마리를 넘기고, 이제야 겨우 잠
든다는 생각이 드는 순간.

똑똑똑.

문을 두들기는 소리에 노형진은 퍼뜩 잠이 깼다.

"으으으…… 누구야?"

짜증이 확 밀려왔지만 노형진은 이를 악물고 자리에서 일어났다.

그리고 핸드폰을 확인했다.

"뭐지?"

그를 찾아올 사람은 없다.

부모님이나 누나는 사전에 연락하지 않고 들이닥치는 타입도 아닐뿐더러 그가 오늘 쉬는 것도 알지 못한다.

그러니 일이 있어도 알아서 번호 키로 문을 열고 들어오면 모를까, 문을 두드리지는 않을 것이다.

그렇다면 회사냐? 그것도 아니다.

회사에서 다급한 일이 생겼으면 전화부터 하지 다짜고짜 집으로 찾아올 리 없지 않은가?

그래서 전화부터 확인한 것이다.

혹시나 자신이 모르는 사이 연락이 왔었던 건지 확인하기 위해.

그러나…….

똑똑똑.

여전히 계속 두들겨 대는 소리에 노형진은 짜증스럽게 일어났다.

"으으으……."

누군지 모르지만 일단 문 앞까지 왔으니 만나 주기는 해야 하기 때문이다.

그리고 문을 열었을 때, 노형진은 웃는 얼굴에 침을 뱉지 못한다는 말이 절대 진리는 아니라고 생각했다. 그 웃는 눈을 보는 순간 욕이 절로 나왔으니까.

"하늘님 믿고 천당 가세요."

"당신들, 어떻게……."

어이가 없어서 말문조차 막히는 노형진.

그들은 아까 전에 분명히 바깥에서 벨을 눌러 대던 사람들이었다.

"하늘님은 당신을 사랑하십니다. 하늘님을 믿고 따르세요."

천연덕스럽게 말하는 여자를 보고 노형진은 기가 막혔다.

'와, 돌겠네, 진짜.'

이곳은 신형 아파트다.

1층에 자동식 대문이 있고 각 엘리베이터는 한 층당 두 가구가 쓰는 구조로 되어 있는 아파트.

그러니까 이곳에 오기 위해서는 일단 대문을 열고 들어와야 한다는 소리다.

"당신들, 어떻게 들어온 거야!"

"하늘님이 우리를 위해 문을 활짝 열어 주셨습니다."

"하늘님이고 뭐고."

노형진은 눈을 찌푸리고는 그냥 문을 닫았다.

"하늘님을 믿고 따르세요."

그럼에도 불구하고 바깥에서 들리는 목소리에 노형진은 짜증스럽게 전화기를 들었다.

-여보세요.

"경비실이지요? 여기 포교한다고 들어와서 시끄럽게 하는데……."

-아니, 그 인간들 또 왔어요?

"또?"

-죄송합니다. 바로 올라갈게요.

잠시 후 바깥에서 티격태격하는 소리가 들려오는 듯하더니 곧 조용해졌고, 노형진은 그제야 안도의 한숨을 내쉬면서 잠에 들 수 있었다.

그러나…….

딩동, 딩동.

"으아아아……!"

그의 편안한 잠은 그리 쉽게 이루어지지 않았다.

⚖️

"넌 쉰다더니 어째 더 피곤한 얼굴이냐?"

손채림은 노형진을 보고 고개를 갸웃했다.

분명히 어제는 쉰다고 했는데 더 피곤한 얼굴로 나타난 그의 모습 때문이었다.

"미친 포교쟁이들 때문에 잠도 못 잤다."

"포교? 어딘데?"

"아, 몰라. 무슨 하늘님인지 뭔지 믿으래."

"헐…… 어째 사이비 냄새가 풀풀 풍기는데."

피곤한 모습의 노형진을 보고 손채림은 걱정스러운 얼굴이 되었다.

아무리 노형진이 머리가 좋다고 해도 법률 싸움은 기본적으로 머리 싸움이다.

즉, 스스로가 충분히 쉬지 못하면 제대로 머리가 돌아가지 않아 의뢰인에게 피해가 갈 수 있는 것이다.

"아무래도 오늘 변론은 무리겠지?"

"무리야. 어이가 없기는 하지만."

대충 나가서 시간만 때워도 되기는 하지만 그러면 피해 보는 건 의뢰인이기에 귀찮더라도 변론 기일을 변경하기로 했다.

"당일이라 받아 주지 않을 텐데……."

"어쩔 수 없지. 한 번 정도는 봐주니까."

변론 기일에 나오지 않는다고 해서 바로 판결에 들어가진 않는다.

한 번 정도 오지 않는 것은 넘어간다.

두 번 이상 오지 않으면 궐석재판으로 봐서 바로 판결로 넘어가지만.

"지금 가서 변론하면 제대로 된 방어는 무리야."

"그래, 알았어. 그렇게 이야기할게."

"고마워."

노형진은 그렇게 말하고는 의자에 기대앉았다.

"진짜로 망할 놈들 때문에…… 잠도 못 자고…… 쿠울……."

시끄러운 사무실에 잠든 노형진을 본 손채림은 고개를 절레절레 흔들면서 바깥으로 나갔다.

변론 기일을 바꾸려면 서둘러야 하기 때문이다.

"도대체 왜 저렇게 된 건지 모르겠네."

다만 오늘은 푹 쉬고 내일부터는 제대로 변론해야 할 거라고 생각할 뿐이었다.

⚖️

"하늘님을 믿으세요!"

"안 믿는다고요!"

문을 닫은 노형진은 화가 나서 머리끝까지 김이 나는 기분이었다.

벌써 며칠째 그들은 노형진을 찾아와서 하늘님을 믿으라고 자칭 '포교'를 하고 있었다.

"여보세요. 경비실이죠?"

이런 경우 제일 좋은 방법은 경비원에게 그들을 쫓아내라고 하는 것이다.

그런데 그렇게 전화한 노형진은 자신의 귀를 의심했다.

－죄송합니다. 그게…… 아무래도 힘들 것 같아요.

"네? 아니, 왜 그게 불가능하다는 겁니까?"

－일도 많고…….

"일이 중요한 게 아니잖습니까? 기본적으로 경비원의 업무가 뭔데요? 아파트에 들어오는 사람들을 통제하는 거 아닌가요?"

물론 경비원들이 하는 일은 많다.

분리수거도 하고, 낙엽과 눈도 치우고, 순찰을 돌고 청소를 해야 하니까.

하지만 아무리 바빠도 기본은 말 그대로 '경비'를 서는 것이다. 그러니까 경비원이다.

그런데 통제를 못 한다니.

－죄송합니다. 죄송합니다.

쩔쩔매는 경비원의 목소리에 노형진은 뭔가 이상하다고 생각했다.

상식적으로 이런 걸 막지 못하는 경비원이란 없으니까.

"할 수 없지요."

노형진은 전화를 끊었다.

그리고 핸드폰을 꺼내 들었다.

경비원이 어렵다면 그 경비를 대신할 사람을 부르면 된다.

"거기 경찰서죠?"

⚖️

노형진이 경찰을 부르자마자 포교하던 사람들은 후다닥 도망갔다.

그리고 노형진은 그들이 간 후에 나와서 경비실로 향했다.

"아…… 안녕하세요."

아까 전의 일이 기억났는지 경비원은 곤란해하며 시선을 돌렸다.

자신이 생각해도 터무니없는 소리였으니까.

분명히 노형진이 한 소리 하려고 온 거라고 생각한 것이다.

하지만 노형진은 그에게 캔 커피를 내밀었다.

"한잔하시겠습니까?"

"네?"

"담배를 태우시는 것 같던데, 제가 담배를 안 피워서요. 커피나 한잔하시죠."

"아……."

"뭐라고 하려고 하는 게 아닙니다. 그냥 무슨 일인지 알고 싶은 것뿐입니다."

"하아……."

결국 경비원은 어쩔 수 없다는 듯 경비실로 노형진을 데리고 들어갔다.

그런 그에게 노형진이 들은 이야기는 터무니없는 것이었다.

"해직요?"

"네. 경비원들이란 파리 목숨 아닙니까?"

하늘님을 믿으라는 종교 단체는 이 근처에서 세를 불리고 있다고 한다.

당연히 이 아파트에도 신도들이 상당수 살고 있고, 그들이 들어와서 포교하는 것도 다들 알고 있다.

"그런데 저희가 막으면 회사에 지랄하나 봅니다."

"왜요?"

"지금 아파트 부녀회장이 그 교단 소속이거든요. 그래서 실제로 옆 동에 경비원 한 명이 잘렸어요."

"미친."

포교를 한다는 건 결국 잡상인이 물건을 팔러 돌아다니는 것이나 마찬가지다.

아니, 잡상인은 최소한 생계를 위해 그러는 거라지만, 포교는 그마저도 아니다.

그런데 그걸 막는 경비원을 잘랐다고?

"처음에는 막아도 괜찮았는데, 계속 막으니까 부녀회랑 교단에 속한 사람들이 막 항의해서 잘리게 만들어요."

"으음……."

상황을 알게 되니 입에서 절로 신음 소리가 튀어나왔다.

경비원들이 아무리 통제하고 싶어도 생계가 달려 있으니 할 수가 없었으리라.

"그래서 그러신 거군요."

"죄송합니다."

"아니요. 죄송할 건 없구요."

생계가 달렸는데 누가 그런 선택을 안 하겠는가?

"그들이 세력이 큽니까?"

"크죠. 원래도 큰 곳이었는데 요즘 더 공격적으로 나와요. 사실 변호사님이 모르신 것뿐이지요."

"제가 몰랐다고요?"

"변호사님이야 늘 바쁘시지 않습니까?"

"아아……."

노형진은 무슨 이야기인지 알 것 같았다.

그는 너무 바빠서 집에 있는 시간이 무척이나 짧다.

집에 오면 보통 밤 10시 정도 되는데, 그 시간까지 포교 활동을 하는 경우는 거의 없으니까.

'옆 동의 경비원이 잘릴 정도라…….'

교단에서 나서서 그런 일까지 할 수 있을 정도면 확실히 세력이 상당히 크다는 소리다.

거기에다가 경비원이 그렇게 극렬하게 그들을 막았다는 것은, 반대로 말하면 그들이 상당히 공격적으로 포교한다는 뜻이고.

"많이 심한가 보군요."

"아주 많이 심하지요."

이야기를 들어 보니 가관이었다.

노형진이 늘 집에 없어서 모를 뿐, 아파트 단지 내에서는 그들의 포교 때문에 시끄러워서 항의하는 사람들이 한두 명이 아니라는 것이다.

"그래요?"

"네. 하루에 두세 번은 기본이고 어떨 때는 대여섯 번씩 와서 포교하러 돌아다녀요."

"헐?"

아무리 포교가 중요하다고 하지만 그 정도로 하는 경우는 드물다. 그런데 그렇게까지 한다니 기가 찰 노릇이었다.

"몇 번이나 이야기해 봤지만 말도 안 통하고 위세도 세고……."

몇몇 사람들이 나서서 항의하기도 했지만, 그런 그들에게 돌아온 것은 더 강력한 포교였다.

"더 강력한 포교요?"

"네."

"보통 그러면 안 오지 않나요?"

"포교에서 벗어나는 방법은 하나뿐이에요. 해당 교단에서 발급한 문패요."

"문패?"

"네. 교단에서 만들어서 자기 신자라고 붙여 주는 거요."

"아아, 뭔지 알 것 같습니다."

그러고 보면 최근에 '하늘님 교회'라는 문패가 붙어 있는 집이 늘어난 듯했다.

그걸 보고 골라 가면서 없는 집에만 포교하는 모양이었다.

"그게 없으면 공격적 포교의 대상이 되지요. 그래서……."

"더는 말씀하지 않으셔도 됩니다. 알 것 같네요."

일단 포교 대상으로 찍으면 좋게 말하면 설득, 나쁘게 말하면 괴롭히는 식으로 공격적으로 나간다.

그리고 항의할수록 더욱 공격적으로 괴롭히는 것이다.

'종교의자유라는 게 참으로 지랄 같지.'

이런 건 경찰에 신고해 봐야 종교의자유 운운하면서 터치하지 않는다.

아파트 주민 입장에서 그나마 할 수 있는 것은 경비실에 항의하는 정도인 것이다.

'하지만 부녀회장이 그 교단 소속일 정도라면 주요 아파트 내 권력은 이미 그들에게 넘어갔을 거야.'

방해하는 경비원을 자르는 것은 일도 아닐 테니, 당연히 더욱 공격적으로 할 수 있을 것이다.

"죄송합니다."

"아닙니다. 뭐, 많이 보던 방식이네요."

"네?"

"그런 게 있습니다. 그런데 왜 우리를 노리는 건지 모르겠네요."

"돈이지요."

"돈?"

"이 아파트에 사는 사람들 중에서 돈 없는 사람이 없지 않습니까?"

노형진은 씁쓸하게 웃었다.

그 역시 여기에 살아서 이 아파트의 조건이 좋다는 걸 알기 때문이다.

위치도 좋고, 시설도 좋고, 아파트도 잘 지어져 있다.

이런 곳에 살려고 하는 사람은 단연 많을 테니, 그중에서도 돈이 많은 사람들이 이곳에 오게 될 가능성이 높다.

"그렇군요."

하긴, 이 아파트 단지에 신도들을 두고 있다고 하면 매달 거둬들이는 수익은 어마어마할 것이다.

'이런 아파트에서 살려면 연봉 1억은 가뿐하게 넘어야 하니.'

연봉이 1억이라고 하면 십일조만 한다고 해도 매년 1천만 원이다.

그런데 이곳의 아파트는 한 층에 여섯 가구씩, 총 30층으로 구성되어 있다.

'거기에다 많은 이들이 돈 때문에 종교 시설에 다니지.'

돈을 벌게 해 달라고 기도하는 게 아니다.

그 교회에 부자들이 많으면 그 인맥을 이용하기 위해 교회에 다니는 사람들이 적지 않다.

그런 이들은 대체로 사업하는 사람들이고, 그런 사람들 역시 부자인 경우가 많다.

그렇게 점점 사람이 뭉치다 보면 소위 말하는 초대형 교회라는 것이 생기는 것이다.

"변호사님이야 잘 모르시겠지만요."

"대충 알 것 같네요."

그러면 이런 공격적인 포교를 하는 이유도 알 수 있다.

말이 포교지 사실상 괴롭힘이고, 거기서 벗어나려면 같은 교회를 가든가 아니면 다른 곳으로 이사해야 할 것이다.

"죄송합니다."

경비원은 계속 노형진의 눈치만 살폈다.

안 그래도 민원으로 몸살을 앓고 있는데 그까지 그러면 자신도 잘릴 수 있기 때문이다.

"아닙니다. 제가 알아서 할게요."

노형진은 그런 경비원을 다독거리면서 일어났다.

"그런 식으로 나오겠다 이거지."

노형진은 피식 웃었다.

상대방이 누군지 모르지만 제법 머리를 썼다는 생각이 들었다.

하지만 자신이 누군가?

노형진이다.

그는 싸움을 걸어온 인간에게 자비를 보여 주고 싶은 생각은 추호도 없었다.

노형진이 사건을 해결하겠다고 하자 송정한과 김성식은 놀라서 눈을 크게 떴다.

어지간해서는 자신의 사건은 가지고 오지 않는 노형진이었기 때문이다.

"왜 그러나? 갑자기 무슨 일이 터진 건가?"

"그냥 짜증이 나서요."

"짜증? 자네도 그런 걸 느끼나?"

"저도 사람입니다."

사실 단순히 포교만 하는 거라면 노형진이 이런 식으로 움직이지는 않았을 것이다.

그러나 그러지 않기 때문에 노형진이 움직이려고 하는 것이다.

"그들의 방식은 폭력 조직을 닮았거든요."

"폭력 조직?"

"네, 폭력 조직이 한 지역을 집어삼킬 때 많이 쓰는 방법입니다. 공포화 그리고 집중 공략."

"공포화와 집중 공략?"

손채림은 그 말이 뭔지 모르겠다는 듯 고개를 갸웃했다.

'하긴, 한국 사람들은 그런 걸 잘 모르지.'

한국의 폭력 조직은 규모가 작고 또 경찰에서 상당히 많이 신경을 쓰는 편이다.

그래서 건물을 노리거나 할 때는 많아도 지역 전부를 노리는 경우는 없다.

따라서 그런 사건을 다뤄 본 경험이 없는 사람들은 그게 어떤 건지 잘 모른다.

"일단 지역 전반에 공포를 심어 놓는 거지. 그 지역에 집중적으로 사건 사고를 일으킨다거나 하면서 말이야. 사람들이 공포에 찌들어서 저항하지 못하게 하기 위한 일종의 작업이야. 그 후에는 집중 공략. 한 지역을 집어삼키려 들면 당연히 저항하는 사람이 있기 마련이지. 그런 사람을 노리는 거야. 이런 경우에는 보통 죽이는데, 아주 처참하게 죽이지."

끌어다가 산 채로 태워 죽인다거나 일가족을 몰살시킨다거나 여자인 경우는 죽을 때까지 강간하는 식으로 끔찍하게 죽임으로써, 자신들에게 저항하면 이렇게 죽는다는 본보기를 보이는 것이다.

"물론 경찰이 수사하겠지만 경찰의 수사라는 것에는 한계가 있거든."

이런 짓을 하는 것은 갱단이지만 법률은 살인 사건을 저질렀다고 그 갱단을 일소하는 구조가 아니다.

그 사건 자체를 일으킨 놈만 처벌하는 것이다.

"연좌제가 금지되어 있으니까. 적당히 한 명만 들이밀면 그 이후에는 일사천리지."

그는 감옥에 갈지도 모르지만 갱단은 공포를 이용해 그 지역을 충분히 집어삼킬 수 있다.

"정말 이번 일이랑 비슷한 것 같은데?"

"비슷하지요. 사실 기본 구조는 똑같습니다. 뭐, 좀 변형되기는 하겠지만요."

공포 대신에 포교로 바뀐 것이고 보복 대신에 괴롭힘으로 바뀐 것뿐이다.

그런 식이면 경찰이 건드리고 싶어도 건드리지 못한다.

한국에는 종교의자유가 존재하고, 종교의 힘이 상당히 크기 때문이다.

"그런데 하늘님 교회라……. 문제가 많은 곳이지."

"아시는 곳인가요?"

"요 근래 세력을 키우고 있는 곳이야."

"세력요? 무슨 조폭도 아니고……."

"그러니까 문제지."

어깨를 으쓱하는 김성식.

건실한 크리스찬인 그는 사이비 종교들 때문에 이런 일을 많이 겪어서 그런지 질렸다는 표정이었다.

"아무래도 교회라는 곳이 가면을 쓰기에는 가장 좋지 않나?"

"하긴, 그렇지요."

사실 불교나 다른 종교의 경우에는 사이비 세력이 활동하기 쉽지 않다.

불교 같은 경우는 대부분 깊은 산속에 있는 절을 기반으로 하기 때문에 오는 신자들을 받는 게 주목적이고, 애초에 교리 자체가 공격적이지 않다.

거기에다 자비가 기본적인 구조라서 퍼 주면 퍼 줬지, 받아 내는 시스템이 아니다.

하지만 교회는 십일조라는 시스템이 잘되어 있고 또 워낙 계파가 많아서 새로운 계파라고 하면 그다지 의심하지 않는다.

"한국에 있는 사이비 종교의 90%는 교회의 가면을 뒤집어쓰고 나오지."

김성식은 씁쓸하게 말했다.

"문제는 그걸 막을 수 있는 방법이 없다는 거야."

기독교 단체에서 이단이라고 규정하기는 하지만 대부분의 사람들이 그걸 알지 못한다.

종교는 이단이라고 못 박기에는 애매한 부분이 있기 때문이다.

거기에다 이단이라는 사실을 적극적으로 알리고 포교를 방해하는 것은 업무방해에 해당된다.

"하늘님 교회…… 얼마 전부터 내가 다니는 교회에서도 그들과 일이 좀 있었어."

무차별적으로 포교하면서 세력을 늘리려고 한다는 것이다.

방식은 노형진이 당한 것 그대로 말이다.

그들의 행동에 작은 교회는 속절없이 밀려 버렸고, 대형 교회는 그나마 저항하고 있기는 하지만 분위기가 좋지는 않다고 했다.

"내가 다니는 교회도 그들 때문에 신자가 30%나 줄었거든."

"그래요? 대형 교회는 나름 저항한다면서요? 그런 곳은 저항할 만한 힘이 있을 텐데."

"내가 가는 곳은 조그만 곳이라서."

"아……."

"말도 말게. 나도 몇 번이나 대판 싸웠네. 하지만 말이 들어먹혀야 말이지. 경찰도 부르고 별짓을 다 했지만 말이야……. 종교라는 게, 거참."

어깨를 으쓱하는 김성식.

송정한도 어이가 없다는 듯 고개를 절레절레 흔들었다.

그 모습에 손채림은 걱정스럽게 물었다.

"그런데도 굳이 하려는 거야?"

안 그래도 예민한 게 종교 문제다. 그런데 굳이 나서서 해결하겠다니.

"이런 문제는 이런 곳만의 문제가 아니거든. 사실 포교는 자기들 자유지만 당하는 사람들 입장에서는 생존의 문제야."

"생존의 문제?"

"한국의 야경은 아름답지. 왜 그런지 알아?"

"응?"

전혀 뜬금없는 말에 손채림은 고개를 갸웃했다.

야경이 아름답다는 말은 많이 들었다. 그런데 왜 그런지 이유는 생각해 본 적이 없다.

"왜 그런데?"

"야근이 많아서야."

"헐?"

"야경이라는 게 뭔데? 결국 도심에서 사무실들이 불을 켜고 어둠을 밝히는 거잖아? 그런데 기업이 야경 좋으라고 빈 사무실에 불을 켜 두겠어?"

"그럴 리가 없지."

"결국 야근과 철야를 하는 사람이 그렇게 많다는 거야."

사실 일하는 사람들은 그뿐만이 아니다.

별다른 야경이 없는 곳, 그러니까 공장 같은 경우는 3교대로 야근하는 사람들이 적지 않다.

당연히 그런 사람들은 잠을 자야 생활이 가능하다.

"그런데 내가 며칠간 당해 보니 이게 미칠 지경이더라고."

잠이라는 건 눕자마자 바로 들었다가 바로 깨어나는 게 아니다.

잠이 들면 가수면에 들어갔다가 깊은 잠으로 빠져든다.

그런데 그때까지 걸리는 시간이 있다.

"잠은 시간이 아니라 질의 문제야. 깊은 수면 세 시간이 가수면 여섯 시간보다 더 좋지. 그건 너도 알지?"

"아. 알지. 지난번에 왈큐레 사건 때 이야기 들었잖아."

그 당시에 걸 그룹 뺑뺑이를 돌리던 사장이 차에서 자는 시간이 충분하다고 주장한 적이 있었다.

"맞아. 차에서 자는 잠은 아무래도 가수면이 될 뿐이지 깊은 수면은 안 돼. 그리고 그건 낮에 자는 사람들도 마찬가지야."

안 그래도 강렬한 한낮의 빛은 사람의 잠을 방해한다.

거기에다가 사람의 몸은 체내에 시계가 있어서 낮에 자는 것이 유전적으로 유리하지 않다.

실제로 연구 결과에 따르면 낮에 자고 밤에 근무하는 사람이 정상적으로 밤에 자고 낮에 근무하는 사람보다 노화 속도가 훨씬 빨랐다.

그만큼 부담이 가는 것이다.

"그런데 낮에 자꾸 깨면 다시 잠들기 위해서는 상당한 시간이 필요해. 아마 군대 갔다 온 남자들은 다 알걸."

송정한과 김성식은 고개를 끄덕였다.

야간 근무를 갔다 오면 진짜 최소한 한 시간은 제대로 못 잔다.

갔다가 오는 데 한 시간, 근무하는 데 한 시간, 그리고 다시 잠드는 데 한 시간씩 걸리니까.

그래서 야간 근무를 하면 다섯 시간 정도밖에 자지 못한다.

특히나 양끝에서 두 번째 초소들 같은 경우는 절반밖에 자지 못하는 것이 현실.

"그 정도야?"

"포교하는 사람들은 그런 식으로 계속 오니까. 그런데 잠을 자지 못한다는 것은 근무 중에 사고가 날 가능성을 높인다는 뜻이야."

"음……."

피곤한 상태에서 일하면 집중력이 떨어질 수밖에 없다.

운전 중에도 위험할 수 있고, 공장 같은 경우는 큰 사고가 날 수도 있다.

"인터넷에서도 이런 포교에 대한 불만이 많기는 하지."

송정한은 이해한다는 듯 고개를 끄덕거렸다.

그도 몇 번이나 겪어 본 일이 아닌가?

밤새도록 변론을 준비하면 다음 날 변론에 심각한 영향을 미친다.

"거기에다 나 같은 경우는 입장이 불가능한 곳을 들어온 거야."

대문에는 번호 키가 있고, 그 번호를 알지 못하면 절대로 문을 열지 못한다.

즉, 누군가 그 비밀번호를 알려 준 것이다.

"하지만 그들은 법적으로 보호받는 종교잖아. 종교의자유 때문에 건드리기 힘들 텐데? 방법은 있는 거야?"

손채림은 이해한다는 듯 고개를 끄덕거리다가 물었다.

그 말에 노형진은 빙긋 웃으며 말했다.

"방법이 뭐겠어. 우리는 변호사인데."

"응?"

"법대로 해야지."

노형진은 씩 웃었다.

금 넘어오면 불법이다

　일단 가장 먼저 해야 하는 것은 관련 증거를 모으는 것이
었다.

　인터넷에서 관련 피해자를 구한다고 하자 얼마나 피해자
가 많은지 하루 만에 메일이 수백 개씩 날아올 정도였다.

　"이 정도였나?"

　이번 사건은 자신이 꼭 봐야겠다고 한 김성식은 쌓여 가는
메일을 보면서 혀를 내둘렀다.

　"포교하는 사람들은 계속 다니니까요."

　"그건 그런데 하늘님의 교회가 아닌 곳도 많은데?"

　노형진은 피식 웃었다.

　물론 그럴 것이다. 한국에서 종교란 하나의 기업이 된 지

오래니까.

"물론 집요하게 괴롭히는 곳은 하늘님인지 뭔지 하는 사이비 종교일 겁니다. 하지만 다른 종교 단체도 포교하러 다니잖습니까?"

"그런데?"

"한 곳에서 한 번씩만 와도 당하는 사람은 여러 번입니다."

"음……."

"차라리 아주 큰 교회가 있는 곳은 그런 영향이 작지요. 하지만 그렇지 못한 곳은 피곤하죠."

아예 큰 종교 시설이 있는 곳은 다른 작은 시설이 들어가서 싸워서 이길 수가 없다.

그래서 그다지 열성적으로 다니지 않는다.

하지만 작은 곳이 많은 지역은 종교 단체들이 공격적으로 포교하다 보니 아무래도 여러모로 연속해서 다니게 될 수밖에 없다.

"그리고 그런 곳은 아무래도 야간 근무하는 분들이 많지요."

"어째서?"

"당연한 거 아냐? 돈이 되는 곳에는 이미 큰 교회가 있으니까."

"아……?"

"씁쓸한 말이구먼."

돈이 되지 않는 곳에는 큰 종교 시설이 들어갈 리 없다.

수지타산이 맞지 않기 때문이다.

"결국 피해를 보는 사람만 계속 보는 거지. 채림이 너, 뭐 믿으라고 온 사람 봤어?"

손채림은 고개를 흔들었다.

그녀도 노형진 덕분에 적지 않은 돈을 벌어서, 이제는 제법 비싼 아파트에서 살고 있으니까.

"하긴, 그렇군. 나도 낮에 괴롭히는 사람들을 본 적은 없네."

"작은 교회에 다닌다면서요?"

"아, 그건 내가 옮긴 거야. 전에 대형 교회에 다녔는데 그곳에 있던 사람이랑 대판 싸웠거든."

"네?"

"어떤 사람을 내가 감방에 넣었어. 그런데 알고 보니 그 당시에 다니던 교회의 집사더라고."

"헐."

거액을 횡령해서 수사해서 잡아넣었는데 알고 보니 교회의 집사였던 것이다.

그렇게 횡령한 돈 중 일부가 교회에 기부되는 바람에, 졸지에 그는 평소 다니던 교회를 수사할 수밖에 없었다.

"뭐, 그걸 가지고 뭐라고 하지는 않지만 나 스스로가 눈치가 보여서 말이지."

신도의 수가 수십만 단위를 넘어가는 교회는 교인들 모두를 알 수가 없다.

그러니 수사에 들어갔을 때는 전혀 몰랐다.

물론 나중에 사실을 알고 그걸 핑계로 접근하기는 했지만, 김성식이 그걸 받아들일 사람도 아닌 데다 도리어 뇌물 수수 혐의까지 추가해서 형량을 더 늘려 버렸던 것이다.

그 과정에서 목사까지 수사했으니 교회에서 좋게 볼 리가 없었고 말이다.

단지 중수부장이라는 직함 때문에 어찌하지 못했을 뿐이다.

"그렇군요."

"그런데 어쩌자는 건가?"

지금까지 포교하러 온 사람들을 막을 방법은 딱히 없었다.

그런데 막을 방법이 있다는 노형진의 말에 김성식은 고개를 갸웃했다.

"다 아시지 않습니까?"

"어떤 거 말인가?"

"주거침입."

"주거침입? 하지만 포교는 주거침입이 아니지 않나? 애초에 주거에 들여보내 주는 사람도 없고, 문을 열고 들여보내 주는 순간 주거침입이 아니게 되는데?"

변호사가 주거침입에 대해 모를 리 없다.

하지만 누구도 그걸 걸고넘어지지 못했다.

포교하는 사람들이 문을 강제로 따고 들어가지는 않으니까.

"원래는 그랬지요."

"원래는 그랬다?"

"판례가 바뀌었거든요."

"응? 판례가 바뀌었어?"

"네. 유명한 판례는 아니니 잘 모르시겠지만요."

"하지만 판례가 바뀌어 봐야⋯⋯."

"대법원에서 바뀐 겁니다."

"흠⋯⋯ 그렇다면 가능하겠군."

대법원 판례는 변호사들과 검사들, 판사들에게 아주 중요하다.

왜냐하면 대법원의 판례는 구속력을 가지기 때문이다.

사실 1심과 2심은 뒤집어질 수도 있고, 자주 뒤집어지는 것이 사실이다.

하지만 3심, 즉 대법원 판례는 한 번 뒤집는 데에만 수십년이 걸리기도 한다.

대법원은 법을 만들지는 못하지만 법을 해석하는 방식은 정할 수 있는데, 법 해석이 바뀌면 대혼란이 오기 때문이다.

"얼마 전에 강간 사건으로 주거침입에 대한 판례가 바뀌었지요."

강간범이 피해 여성을 허름한 빌라 안으로 강제로 끌고 들어가서 강간한 사건이 있었다.

그런데 검사는 그 여성에 대한 강간뿐만 아니라 그 빌라에 대한 주거침입까지 처벌을 요구했다.

당연히 강간범은 최대한 형량을 줄이기 위해 항소했고.

"대문을 넘어서는 순간 주거 영역에 들어선 것으로 보는 걸로 주거의 기준이 바뀌었습니다."

"오! 그래?"

"네. 하지만 아직은 다들 잘 모를 겁니다. 중요 사건도 아니었고. 주거침입 사건이 많지도 않으니까요."

"하긴, 주거침입이 아주 중요한 사건에 해당되는 것도 아니니까."

변호사도 사람이다. 모든 판례와 바뀐 법을 알지는 못한다.

그러니 관련 사건이 들어오지 않으면 그 판례를 모르는 경우가 대부분이다.

노형진조차도 모든 판례를 알지는 못하니까.

"하지만 그건 강간 사건이었잖아?"

"3심에서 중요한 건 사건의 종류가 아니야. 법을 어떻게 해석하느냐지. 과거에는 현관에 들어가야 주거침입이라고 판단했어. 하지만 이제는 아니야."

대문에서 현관으로 넘어가는 공간. 그 공간은 엄밀하게 말하면 '공용 공간'으로 분류된다.

공용 공간은 즉 불특정 다수의 사람들이 이용할 수 있는 공간이라는 뜻이었기에 기존 판례에서는 주거침입으로 보지 않았다.

"그러나 이제는 그 불특정 다수라는 개념이 좀 바뀐 거지."

현관에서 대문으로 넘어가는 것은 결과적으로 그 건물을 이용하는 사람들이다.

거기에다가 공용 건물을 분양할 때 그 분양 평수에는 공용 지분이 포함되어 있다.

즉, 분양 평수가 40평이면 그 안에 공용 평수 4평이 포함되어 집은 실질적으로 36평인 식이다.

당연히 누구인지 알 수 없는 다수의 사람들이라는 뜻인 '불특정 다수'라는 용어는 그 건물에 거주하면서 그 건물의 시설을 이용하는 사람들에게는 쓸 수 없으므로, 설사 대문이 잠겨 있지 않았다 해도 그 특정되지 않은 사람들이 무단으로 들어가는 것은 주거침입에 해당한다는 것이 새로운 대법원의 판례였다.

"다른 사건도 마찬가지지만 나 같은 경우는 더 확실하지. 명백하게 잠겨 있는, 관리되는 아파트 내부니까."

노형진은 화면을 확인하면서 말했다.

관리되는 아파트인 만큼 CCTV가 있기 때문에 증거를 모으기 위해 기다릴 필요는 없다.

"빙고."

얼마 지나지 않아서 동영상 내에서 노형진을 찾아왔던 사람들이 보였다.

"얼레? 그런데 네가 사는 층이 아닌데?"

그들은 노형진이 있는 층이 아니라 맨 꼭대기 층까지 엘리베이터를 타고 올라가서 나가는 것이 보였다.

"올라가는 것보다는 내려가는 게 편하거든."

"응?"

"우리 집만 오는 게 아니잖아. 꼭대기 층부터 시작해서 한 층 한 층 내려오면서 포교하는 거지."

"아……."

아나나 다를까, 그들은 각층의 집마다 들르면서 무조건 문을 두드리거나 벨을 눌러 댔다. 그리고 반응이 없으면 문에 포교용 전단지를 붙였다.

그들이 들르지 않는 곳은 자신들의 교회에 나간다는 표시가 되어 있는 집들뿐이었다.

"와, 질기다."

한 개 동을 무려 한 시간 반에 걸쳐서 싹 쓸고 지나가자, 얼마 후 다른 사람들이 와서 또 위에서부터 싹 쓸고 내려가기 시작했다.

"이런 식이군."

무조건 들이밀면서 상대방에게 매달리고 조를 바꿔 가면서 잠을 못 자게 하니 피곤할 수밖에 없다.

"낮에 근무하는 사람들은 그나마 나은 편입니다. 하지만 밤이라고 해도 방심할 수는 없더군요."

밤에는 저들도 자야 하기 때문에 밤에는 확실히 덜 움직인다. 물론 덜 움직인다는 것이 아예 안 온다는 것은 아니다.

해가 떨어지고 나서도 밤 12시까지, 끊임없이 포교를 이유로 찾아와서 쉬는 것을 방했다.

"독하군. 이렇게까지 하다니."

"포교에 관해서는 우리나라에 규정이 없으니까요."

빚을 받아 내는 것은 규정이 있어서 그 이상은 하지 못한다.

하지만 포교에 관해서는 규정이 없기 때문에 어떤 방식을 쓰든 그걸 처벌할 수는 없었다, 지금까지는.

"증거는 이 정도면 충분히 모은 것 같네요."

노형진은 지난 몇 달간의 영상을 모아서 외장 하드에 넣으며 웃었다.

이걸 제출하면 저들은 상당히 곤혹스러울 것이다.

"그런데 그런다고 저들이 안 올까?"

"안 올 리는 없지."

"그러면?"

"이건 첫 번째 계획일 뿐이야, 후후후."

하늘님 교회의 포교단은 갑작스러운 경찰의 소환장에 당황해서 자신들의 종교 지도자인 목사에게 달려갔다.

"목사님! 큰일 났습니다! 어떤 미친놈이 우리를 주거침입으로 고발했습니다!"

"주거침입이라니, 그게 무슨 말입니까?"

하늘님 교회의 수장인 이한울은 당황해서 물었다.

도대체 누가 자신들을 고발한단 말인가?

"노형진이라는 놈입니다. 그놈이 우리 포교단 멤버 전원을 고발했습니다."

"노형진?"

이한울은 고개를 갸웃하면서 명단을 확인했다.

자신들이 노리는 포교 대상을 기록한 명단이었다.

'이쪽에는 없는데? 그러면 특급이라는 소리인데.'

포교 대상은 크게 일반급과 특급으로 나뉜다.

일반급은 포교해도 그만, 안 해도 그만인 그저 그런 녀석들이다.

하지만 특급은 어떻게 해서든 자신들의 사람으로 만들거나 쫓아내야 하는 사람들이다.

이한울은 특급 명단을 살펴보고 나서야 노형진의 이름을 찾을 수 있었다.

'역시나.'

포교가 된 사람들에게서 얻은 정보를 바탕으로 돈이 되는 사람을 골라 특급으로 분류해서 집중적으로 포교하는데, 그 명단에 노형진의 이름이 있었다.

'현 새론의 이사이자 변호사. 예상 자산 3천억 이상의 부자. 한 해 수익 10억 이상 추정.'

이런 사람이라면 어떻게 해서든 꼬셔야 한다.

더군다나 아직 미혼이니 적당히 자기네 사람을 붙일 수 있다면 그 돈을 빼돌리는 것도 가능하니까.

그런데 고발을 해 왔다고?

'변호사라고 해도 고발하는 것은 불가능할 텐데?'

주거침입이 될 리 없다.

자기네 변호사들에게 알아본 바에 의하면 고발해 봐야 자신들이 처벌받을 리 없으니까.

그런데 고발이라니?

"오해가 있는 거 아닙니까?"

"아닙니다! 우리가 모두 고발당했습니다! 경찰에서 조사받으러 나오래요!"

"그 고발이라는 것은 누구든 할 수 있습니다. 하지만 실제로 처벌받는 것은 전혀 다른 문제입니다."

"네?"

"고발을 당해도 그게 죄목이 되지 않으면 처벌받지 않습니다. 도리어 저쪽이 무고죄의 가능성이 있지요."

"아! 역시 목사님은 현명하십니다."

"걱정하지 마세요, 형제님들. 이는 하늘님이 우리에게 내리시는 작은 시련일 뿐입니다. 우리는 이 모든 걸 이기고 더 넓은 세상으로 나아갈 것입니다."

"목사님의 말씀을 잊지 않겠습니다."

그들은 안도의 한숨을 내쉬었다.

하지만 그건 어디까지나 그들의 생각일 뿐이었다.

"역시나 예상대로네."

"응?"

노형진이 읽고 있던 서류를 내려놓으면서 고개를 절레절레 흔들었다.

"뭔데? 뭐 재미있는 사건이 있어?"

"재미있다기보다는, 예상대로라고 해야 하나? 그들이 주장하는 게 전에 많이 들어 본 방식이거든."

"많이 들어 본 방식?"

"그래, 종교의자유를 주장하면서 자신들은 타인이 알려준 번호로 열고 들어갔기 때문에 주거침입이 아니라는 거야."

"그거야 예상한 거잖아?"

"예상한 거지. 하지만 말하는 방식이 익숙해."

"익숙하다니?"

노형진은 대답하는 대신에 어깨를 으쓱하면서 서류를 내밀었다.

그들의 주장을 정리한 서류였다.

서류를 받아 들고 쭈욱 읽어 내리던 손채림이 문득 고개를 갸웃했다.

"어째 말투가 애매하다? 법률에 대한 지식도 애매하고, 맞기는 한데 정확하게 아는 것은 아닌 것 같고, 법률의 해석도 기본은 맞는데 자세한 부분에서 미묘하게 어긋나고."

이런 식으로 해석하는 것은 본 적이 없기 때문에 손채림은 이해가 가지 않는다는 표정이 되었다.

법에 대해 아는 듯하면서도 아는 게 아닌 듯한, 그런 묘한 답변서였다.

"그걸 보고 내가 생각나는 게 있어서 그쪽 교리집을 좀 살펴봤지."

"그런데?"

"전형적인 방식이더라고."

"무슨 전형적인 방식?"

"사이비 종교의 방식 말이야."

"사이비 종교의 방식?"

"그래, 한국에 종교의자유가 있기는 하지만 종교를 가지고 사기 치는 놈들이 많잖아? 김성식 변호사님도 그랬잖아, 사기꾼들이 가장 많이 사용하는 껍데기가 교회라는 이름이라고."

"그건 그런데. 이게 사기꾼의 방식이라고?"

"넌 잘 모를 거야. 종교적 사기꾼의 방식이거든."

"종교적 사기꾼?"

"그래."

종교적 사기꾼들은 일반 사기꾼과 비슷하면서도 다르다.

돈을 노리는 건 마찬가지지만 종교라는 것을 중심으로 사기를 친다.

그래서 상대방이 의심하지 않는 부분이 있다.

어떤 종교를 믿는다는 것은 그 지도자를 믿는다는 것과 일맥상통하는 탓이다.

"아…… 만구파 때도 그랬지."

"그래, 만구파에서도 신도들은 신보다는 지도자였던 성만구를 더 믿었지."

"음…… ."

손채림의 얼굴이 어두워졌다.

만구파가 얼마나 심각한 피해를 줬는지 알고 있기 때문이다.

"교리를 보면 이런저런 종교의 교리를 섞어서 만들어 낸 거야. 마치 신을 경배하는 것처럼 되어 있지만 이면을 보면 그 신을 대신하는 존재를 교주로 못 박아 놨지. 이런 게 보통 사이비들의 특징이거든."

그들의 목적은 돈과 권력이다.

그래서 모든 교리에서 권력이 교주에게 쏠리도록 해 놓는다.

아무리 교리를 이리저리 잘 꼬아 놓아도 결국 그건 어쩔 수 없다.

"이놈들도 사기꾼이라는 거네."

"어쩔 수 없잖아. 자본금 투자 없이 돈을 털어 내는 데 가장 좋은 게 종교 아니겠어? 그건 한국뿐만 아니라 어느 나라나 마찬가지야."

손채림은 입맛을 다셨다.

그게 사실이기 때문이다.

심지어 그녀가 공부했던 독일에도 사이비 종교가 있었다.

이성의 나라라고 하는 독일에도 있는데 한국이라고 없을 리 없다.

"그러면 이제 어떻게 해? 사기꾼이라고 고발해?"

"그건 불가능하지. 아무리 사이비라고 해도 종교는 종교야. 한국에서 사이비 종교로 처벌받은 사례는 단 한 번도 없어."

정확하게는 그걸 처벌하는 규정 자체가 없다.

사이비 종교가 처벌받은 것은 폭행이나 사기, 갈취, 살인 등 다른 범죄로 인해서지, 사이비 종교여서가 아니다.

"만일 사이비라는 것을 법으로 규정하면 헌법 위반임과 동시에 대부분의 무속인들은 잡혀갈 수밖에 없을걸."

"그래서 어쩔 거야?"

저들은 이미 반격하고 있다.

이미 답변서를 제출하고 처벌을 면하려고 하고 있다.

"걱정하지 마. 판례라는 것은 절대적이야. 저들은 나름 자기들 지식에 근거해서 주거침입이 아니라고 생각하는 모양이지만, 판례가 바뀐 이상 저들이 할 수 있는 건 없어."

그리고 노형진이 그걸 가만둘 리도 없고 말이다.

"일단 경찰서에 가서 이야기를 좀 해 보자고, 후후후."

"우리는 집에 들어가지 않았습니다! 그런데 우리가 어떻게 주거침입을 했다는 겁니까? 우리는 복도에서 우리 교단에 대해 홍보한 것뿐입니다!"

포교꾼들은 경찰에게 공격적으로 외쳤다.

경찰들은 곤혹스러운 표정이었다.

"하지만 고발이 들어온 이상, 저희도 조사를 해야 합니다."

"이건 종교 탄압입니다!"

"맞아요! 종교 탄압이다!"

"아닙니다! 아니에요! 걱정하지 마세요. 처벌받지는 않을 겁니다. 그러니까 걱정하지 마시고, 차라리 무고죄로 역관광하시는 게 더 좋을 것 같은데요."

"오! 그럽시다! 우리도 무고죄로 고소 넣읍시다!"

"변호사라고 하니 법 무서운 거 알겠지!"

언성을 높이는 사람들.

경찰들은 그들을 진정시키는 한편 최대한 일을 무마하려고 노력했다.

아무래도 종교가 끼면 여러모로 곤란하기 때문이다.

하지만 그들의 노력은 노형진의 등장으로 헛고생이 되었다.

아니, 더 곤란한 상황이 되어 버렸다.

"경찰이 조사에 사심을 넣으면 안 되지요."

"누구십니까?"

"노형진입니다. 고발인."

"뭐?"

"저놈이 노형진이야?"

포교꾼들은 당황했다.

무조건 포섭해야 하는 사람이라는 이야기는 들었지만 자신들을 고발한 사람을 좋게 대할 수는 없다.

그런데 그 당사자가 경찰서 현장에 나타난 것이다.

"너 이 자식!"

누군가 발끈해서 덤비려고 하자 다른 사람이 그를 말렸다.

교주가 어떻게 해서든 노형진에게 포교를 하라고 했기 때문이다.

"아이고, 형제님, 죄송합니다. 우리 사이에 무슨 오해가 있는지 모르지만 조심하겠습니다."

"오해요?"

노형진은 코웃음을 쳤다.

"오해라는 건 상대방의 의사를 잘못 알았다는 걸 뜻하는 겁니다. 하지만 그쪽 의사는 나에게 포교를 하는 거 아닌가요?"

"그건 그런데요…….."

"하지만 난 그럴 생각이 없지요. 도리어 오지 말라고 수십 차례 거절했습니다만 그럼에도 불구하고 끊임없이 찾아와서 포교하셨지요?"

"그거야…… 하늘님의 좋은 말씀을 나누고자…….."

"거절한 순간부터 여러분은 주거침입 확정입니다. 그건 오해가 아니죠. 범죄지."

"범죄라니요! 그런 천부당만부당하신 말씀을!"

대표로 보이는 남자는 펄쩍 뛰었다.

그러나 노형진은 손가락을 흔들며 미소를 보였다.

"형법 제319조 1항, 사람의 주거, 관리하는 건조물, 선박이나 항공기 또는 점유하는 방실에 침입한 자는 3년 이하의 징역 또는 500만 원 이하의 벌금에 처한다. 2항, 전항의 장소에서 퇴거 요구를 받고 응하지 아니한 자도 전항의 형과 같다."

노형진이 법을 말하자 순간 입을 다무는 사람들.

아무래도 법이라는 존재 자체가 부담스러웠기 때문이다.

"여러분들은 1항의 조항을 위반하셨습니다. 또한 2항의 요구에도 불응하셨지요. 그러니 주거침입으로 처벌받으셔야지요."

"하지만 우리는 집 안으로는 안 들어갔는데요?"

"법률적으로 주거의 공간은 대문부터입니다. 쉽게 말해

아파트 맨 아래층 문을 열고 들어가는 순간 여러분들은 범죄를 저지른 겁니다. 여기에 관련 판례가 있지요. 마침 그걸 제출하러 온 겁니다."

노형진은 씩 웃으며 서류를 건넸다.

그걸 받은 경찰은 곤혹스러운 표정이 되었다.

노형진의 말대로라면 저들을 처벌하지 않을 수가 없기 때문이다.

경찰은 수사만 할 뿐 결정할 수 있는 존재가 아니니까.

"그리고 무고죄라고요? 언제부터 경찰이 죄목을 결정해서 받아들입니까?"

"……."

"경찰의 그런 행위는 월권행위 아닌가요?"

"그, 그게……."

"범죄의 피의자들에게 고발자를 역관광하라고 알려 주는 것은 명백하게 현행법 위반 아닙니까?"

"죄송합니다. 그게……."

종교 단체라고 쉽게 가려고 했던 경찰은 얼굴이 사색이 되었다.

"죄송하다는 말은 감사원에 하세요."

얼굴이 붉어지는 경찰들.

"진짜 보자 보자 하니까!"

노형진이 말 한마디 하지 않고 바로 처벌하려고 하자 뒤에서 조용히 보고 있던 포교꾼 한 명이 소리를 버럭 질렀다.

"목사님이 용서하라고 해서 봐주니까! 뭐? 고발? 처벌? 이 새끼가 세상 무서운 줄 모르나!"

자신들이 숫자가 많기 때문에 언성을 높일 수 있다고 생각한 그들은 너도나도 언성을 높여 댔다.

하지만 그들의 그런 행동은 실수였다.

"아이고…… 이런, 제가 큰 실수를 했네요."

"그렇지? 그렇게 나와야지. 우리한테 숙이고 하늘님을 섬기면 대대손손 잘 먹고 잘살 수 있다고."

"그게 아니라, 처벌 조항이 하나 빠졌네요. 제320조, 단체 또는 다중의 위력을 보이거나 위험한 물건을 휴대하여 전조의 죄를 범한 때에는 5년 이하의 징역에 처한다."

"뭐?"

"여러분들, 오실 때마다 세 분 이상 오셨지요? 그러면 다중의 위력을 보이는 주거침입이네요."

노형진은 싱글거리면서 경찰을 바라보았다.

"일단 소장 변경은 추후 따로 하겠습니다."

"이익!"

화를 냈다가 도리어 본전도 찾지 못하게 된 사람들은 분노로 바들바들 떨었다.

하지만 혹시나 또 뭐가 붙을까 봐 차마 말도 하지 못하고 노형진을 노려볼 뿐이었다.

노형진은 그런 그들에게 코웃음을 치고는 가방에서 두꺼운 서류를 꺼내 들었다.

"이건 뭡니까?"

"고발장입니다."

"고발장?"

"네. 주거침입을 도와준 사람들에 대한 고발장이지요."

"네? 그게 무슨 말입니까?"

"아까도 말씀드렸잖습니까, 저들의 주거침입은 아래에 있는 대문을 열고 들어감으로써 성립한다고?"

문제는 '그 문을 어떻게 열었느냐?'라는 것이다.

노형진이 살고 있는 집은 번호 키로 작동하는 방식의 보안 시스템이 설치된 최신식 아파트다.

그리고 각각의 집들은 직접 설정한 번호 키로 문을 열고 안으로 들어갈 수 있다.

"그런데 카메라를 확인해 보니 저 사람들은 문을 천연덕스럽게 열고 들어가더군요."

"그런데요?"

"그 말인즉슨, 저들이 이곳의 주민이든가 주민 누군가로부터 아파트 대문의 번호를 받았다는 것 아닌가요? 그래서 그에 대해 좀 조사하느라고 늦은 겁니다."

"네?"

"부당한 목적으로 사용될 것을 알면서도 아파트 대문의 비밀번호를 알려 주는 것은 사실상 종범이지요.”

“헉! 설마!”

“네.”

노형진은 두툼한 서류를 내밀었다.

각 아파트의 현관은 양쪽으로 두 집씩 있다.

즉, 한 동의 아파트에서 세 집이 자신의 비밀번호를 알려 줬다는 것이다.

“그분들에 대한 고발장입니다.”

부정하게 사용될 걸 알면서도 알려 줬다면 그들은 이들의 종범 또는 공범이다.

“개소리하지 마! 우리 집에 내가 들어가는 게 무슨 죄가 되는데!”

그 말을 듣고 벌떡 일어나서 소리를 지르는 한 명의 아줌마.

“내 집이야! 그래서 내 집 문 내가 열고 들어갔어! 그게 문제야?”

노형진은 그 아줌마를 물끄러미 바라보았다. 그리고 피식 웃었다.

아는 얼굴이었다. 네 층 위에 사는 아줌마였다.

드디어 자신의 집 비번을 알려 준 사람을 찾았다는 생각에 노형진의 얼굴에 절로 미소가 떠올랐다.

“자기 집이라고 해도 그곳에 특수한 목적을 가지고 접근했다면 그건 주거침입입니다.”

"뭐라고?"

"판례가 그래요. 주거에서 나와 있는 상황에서 들어가는 것이, 평안이 아닌 다른 목적으로 접근하는 것은 명백하게 주거침입이죠."

가령 남편이 가출해서 떠돌다가 자금이 떨어져서 돈을 훔칠 목적으로 집에 들어간다면, 그곳은 그의 집이기는 하지만 그 목적이 도둑질이므로 주거침입에 해당된다는 것이 현재 대한민국의 판례다.

"대문의 보안 번호, 왜 알려 주신 겁니까?"

"그건……."

포교를 목적으로 알려 준 것이기 때문에 차마 말하지 못하는 아줌마.

"부정하게 사용될 것을 아셨잖습니까? 그러니 자기 집에 들어갔다고 해도 주거침입이지요. 거기에다!"

노형진은 증거로 찍었던 사진을 내밀었다.

"건물이 통째로 아줌마 건 아니지 않습니까?"

"그게 무슨……?"

"간단하지요. 아줌마가 권리를 주장할 수 있는 것은 공용으로 사용하는 엘리베이터까지 가는 길과 엘리베이터 내부, 아줌마가 살고 있는 아파트 정도이지 다른 아파트 다른 호수의 현관 앞과 복도, 계단 등에는 권한을 주장할 수 없다는 거죠. 왜냐하면 그걸 사용할 수 있는 것은 기본적으로 그 층의 주민이니까."

노형진이 한마디 한마디 할 때마다 아줌마의 얼굴은 점점 사색이 되었다.

"겨…… 경찰 아저씨? 그게 사실이에요?"

"으음…… 그게…….."

그사이 판례를 본 경찰은 대답하는 대신에 한숨을 내쉬었다.

"경찰이니까 판단은 자제하겠습니다."

하지만 그 말 자체가 이미 그들에게 불리하다는 뜻이었고, 다들 자리에 털썩 주저앉았다.

⚖️

주거침입으로 인한 손해배상을 받으실 분들을 구합니다.

노형진은 그다음 날부터 아파트마다 쪽지를 붙였다.

그동안 그들에게 집중적으로 포교, 아니 괴롭힘을 당하면서 고통받던 사람들에게 알리기 위한 행동이었다.

"이런다고 효과가 있을까?"

"뭐, 있겠지. 관심이 있는 사람들은 연락할 테고, 뭐 안 할 수도 있고. 사실 손해배상이라고 해 봐야 기껏해야 몇십만 원 수준일 테니까."

"일반적으로 그런 경우에는 별로 연락하지 않잖아?"

"그렇지."

거기에다가 이 아파트에 사는 사람은 상당한 돈을 가지고 있는 사람들이다.

그러니 단돈 몇십에 귀찮게 소송까지 하려 들지는 않을 것이다.

"그런데 왜 이런 걸 붙이는 거야?"

분명히 쓸데없는 짓이다.

그리고 노형진은 쓸데없는 짓은 하지 않는 사람이다.

그런데 이런 짓을 하다니?

"나는 쓸데없는 짓을 하는 게 아니야."

"뭐?"

"내가 노리는 건 손해배상이 아니야. 내가 설마 몇십만 원이 없어서 손해배상을 할까? 그사이에 잠자코 앉아서 일해도 그것보다 몇백배는 벌 텐데."

"그러면?"

"내가 노리는 건 이거야."

노형진은 천장을 바라보면서 씨익 웃었다.

⚖

"이익!"

이한울은 찍어 온 사진을 보면서 부들부들 떨었다.

수면 방해를 이유로 자신들의 교회에 손해배상 청구 소송을 하겠다고 사람들을 모으고 있다는 것을 알게 된 것이다.

"이게 장난하는 것도 아니고."

사실 이한울은 이미 사기 전과 3범이다.

처음에는 그냥 중고를 거래하는 사기꾼이었다.

그러다가 워낙 중고 시장에서 사기를 많이 치는 바람에 실형이 나왔다.

바로 그때 감옥에 갔다가 스승님을 만났다.

그의 스승은 자신과 급이 다른 사기꾼, 그것도 종교 위주의 사기꾼이었고, 감옥에서 나온 후 그에게 배워서 시골에서 수십억을 집어삼켰다.

그러나 스승이라는 작자는 대부분의 돈을 들고 튀었다.

그러자 타고난 사기꾼 기질이 있었던 이한울은 스승에게 배운 지식을 토대로 도심지에서 포교 아닌 포교를 시작했고, 얼마 지나지 않아서 상당한 성세를 누릴 수 있었다.

그런데 그런 그에게 저항하는 사람이 생긴 것이다. 그것도 법으로.

"으음……."

사기를 치려면 법에 대해 어느 정도 알아야 하기 때문에 그 역시 적지 않은 지식을 가지고 있었지만 상대방이 변호사다 보니 어쭙잖은 지식으로는 싸울 수가 없었다.

"교주님, 어떻게 할까요?"

공식적으로 그는 목사라고 통하지만, 애초에 목사라는 직위도 돈만 주면 목사 신분을 발급해 주는 사이비 교단에서 받은 것이었다.

그래서 함께 일하는 사람들은 그를 교주라고 부르곤 했다.

"이대로 둘 수는 없습니다. 다 찢어 내세요."

"다요?"

"네. 이걸 놔두면 포교가 제대로 될 리 없지 않습니까?"

"그건 그렇습니다만……."

"이건 명백하게 업무방해입니다. 당장 모조리 찢어 버리세요."

"알겠습니다."

이한울의 명령을 받은 포교꾼들은 서둘러서 아파트로 향했다.

그리고 노형진이 붙여 둔 벽보를 가차 없이 뜯어내기 시작했다.

"헉! 당신들, 뭐 하는 거야!"

순찰을 돌던 경비원들은 그걸 보고 깜짝 놀라서 달려왔다.

하지만 서너 명씩 몰려 있는 그들을 막을 수는 없었다.

"그거 손대지 마! 그거 아파트 단지 관리소의 허가를 받은 거라고!"

"웃기는 소리! 이건 종교 차별이야! 이런 걸 그냥 둘 것 같아!"

추호의 망설임도 없이 벽에 붙어 있는 종이를 찢어 버리는 사람들.

경비원들은 막으려고 했지만 그들이 힘으로 밀어 대는 통에 막을 수가 없었다.

"여기는 다 찢었어!"

"다른 동으로 가자!"

그들이 우르르 몰려 나간 후에, 경비원은 부들부들 떨리는 손으로 갈가리 찢어진 종이를 주워 들었다.

하지만 얼마나 꼼꼼하게 찢어 놓은 건지 도무지 붙여서 다시 쓸 수 있는 수준이 아니었다.

"이, 이게……."

경비원은 그걸 들고 멍하니 있다가 부들부들 떨리는 손으로 전화기를 들었다.

그리고 어디론가 다급하게 전화하기 시작했다.

"변호사님? 지금 통화 되시나요?"

"아이고, 속이 다 시원하네."

갈가리 찢어진 벽보들을 보면서 이한울은 미소를 지었다.

자신의 지시대로 수십 장의 벽보를 모조리 찢어서 사진으로 찍어 온 것이다.

"멍청하긴. 이런 걸 붙인다고 해서 소송할 리가 없잖아?"

이미 이런 일은 수십 번을 겪었다.

눈치 빠른 놈들은 자신들이 사기꾼인 걸 알기 때문이다.

하지만 그럴 때마다 이런 식으로 거칠게 나가면 대부분 나중에는 포기한다.

혼자서 집단을 이길 순 없기 때문이다.

"또 붙이면 어쩌죠?"

"어쩌긴. 그때는 다시 찢으면 되는 거지."

이쪽은 다수인 반면 저쪽은 혼자다.

그러니 이쪽에서 작심하고 싸우기 시작하면 저쪽은 절대 못 이긴다.

아무리 혼자서 사기라고, 사이비라고 외쳐도 괴롭힘을 당하면 별수 없기 때문이다.

"어떻게 해서든 우리 쪽으로 끌어들이면 좋은데 말이지……."

하지만 자신들에게 이렇게 적대적인 사람에 대한 포교가 성공할 리 없다.

'어쩔 수 없지. 그렇다면 여기서 쫓아내는 수밖에.'

아깝기는 하지만 그와 싸우다 보면 도리어 자신들의 진면목이 드러날 수 있다.

그러니 차라리 그를 쫓아내는 것이 최선이라고 이한울은 생각했다.

"무슨 수로 쫓아낸다……? 젠장, 찾아가서 잠 못 자게 하는 건 그놈의 주거침입 때문에 물 건너간 것 같고…… 다른 방법이……."

그는 방법을 생각하면서 고민했다.

그런데 그때였다.

"교…… 아니, 목사님! 경찰입니다!"

"경찰? 경찰이 왜? 아니, 왜요?"

그는 경찰이라는 말에 순간 움찔했다.

아무리 지금은 종교인의 가면을 쓰고 있다고 해도 그의 근본은 사기꾼이니까.

"이번 사건 때문에 말할 게 있으시다고……."

"말할 것? 일단 들어오라고 하세요."

직원이 나간 후 들어선 경찰은 곤란한 미소를 짓고 있었다.

"하늘님의 영광을. 그래, 무슨 일이십니까?"

"이번에는 재물 손괴 때문입니다."

"재물 손괴요?"

"네. 목사님의 신도들이 무단으로 남의 재물을 부수어서요."

"그럴 리가요?"

신도들이 그런 일을 할 리 없다.

자신과 함께 일하는 자들이라면 모를까, 일반인이라면 더더욱 그럴 리 없다.

"뭔가 잘못 아신 거 아닌가요?"

"아닙니다."

"뭐, 알겠습니다. 그런데 그런 문제는 신도 본인에게 말해야 하는 거 아닌가요?"

남의 죄를 뒤집어쓸 생각은 없었던 이한울은 최대한 말을
돌려서 했다.

신도 개개인의 범죄를 자신에게 묻지 말라고.

물론 그게 기본적으로는 맞는 이야기다.

하지만 지금 노형진이 따지는 것은 그와는 별개의 이야기
였다.

"부순 건 대자보, 아니 벽보였습니다."

"벽보요?"

"네."

이한울의 머릿속에서 신도들에게 시켜서 찢어 버린 종이
들이 생각났다.

아니나 다를까, 경찰도 참 어이가 없다는 표정으로 말했다.

"신도들 중 일부가 지금 소송 중인 사람이 붙인 벽보를 무
단으로 찢은 모양입니다."

"우리에게 얼토당토하지 않은 죄목을 뒤집어씌우는데 당
연하지요!"

"사실은 그게 문제입니다. 그게 아직 관리 중인 대상이
라……."

"네?"

"그거 재물 손괴입니다."

이한울은 멍한 얼굴이 되었다.

고작 벽보 좀 찢었다고 재물 손괴라고?

"아니, 고작 벽보잖습니까?"

"고작이 아닙니다."

재물의 가치는 상관없다.

그게 상대방의 관리하에 있는 이상 그건 그의 재물이니, 그걸 파괴하는 것은 누가 봐도 재물 손괴다.

그런데 노형진은 관리 사무소에 돈을 내고 벽보를 붙이는 걸 허락받았다.

당연히 그건 노형진의 관리하에 있는 물건이라 할 수 있다.

게다가 종이 하단에는 철수 예정일까지 적혀 있었다.

"그건 누가 봐도 재물 손괴가 맞아요."

"고작…… 종이인데요?"

"그거랑은 상관없습니다. 더군다나 그들이 그걸 찢는 장면이 너무나도 명확하게 찍혀 있어서……."

"설마……."

"네. 증거로 그들이 벽보를 찢는 모습을 제공했습니다."

"으익!"

"거기에다……."

"거기에다 뭐요?"

"주거침입까지……."

"네?"

"이건은 좀 예민합니다."

경찰은 곤란한 듯 말했다.

여러 명이 몰려와서 경비원을 위협하면서 주거침입을 해서 벽보를 찢었기 때문에 위협에 의한 주거침입에 해당되어 처벌도 강해진다는 것이다.

물론 피해자가 얼마 없어서 실형까지는 안 나오겠지만.

'크윽.'

이한울은 속이 쓰렸다.

그와 함께 일하는 사람들의 목적은 사실 뻔하다. 바로 돈.

그런데 벌금으로 돈을 뜯긴다고 하면 함께 일하려고 하지 않을 것이다.

"그럴 수는 없습니다. 신도들이 흥분해서 그런 걸 가지고 처벌이라니요."

"법은 법이고 종교는 종교인지라……."

"우우……."

"죄송합니다, 목사님."

경찰이 고개를 푹 숙이자 이한울은 겉으로는 웃을 수밖에 없었다. 하지만 속으로는 피 같은 돈이 나가게 생겼다면서 피눈물을 흘렸다.

⚖️

"재물 손괴라……."

"결국 그거지. 저들에게 불리한 것을 저들은 없애려고 할 거야. 당연한 거지. 문제는, 그게 법으로 금지되어 있다는 말씀."

애초에 벽에 붙인 것 자체가 미끼였다.

그들이 그걸 찢으려고 할 거라는 사실을 알았기 때문이다.

그리고 노형진의 예상대로 그들은 벽보를 찢었다.

물론 그 모습은 노형진이 몰래 설치한 카메라에 그대로 촬영되었고.

"아마 속 좀 쓰릴 거야."

"그래서 이번에는 두 번째 방법을 쓰는 거야?"

"후후후."

노형진은 이번에는 벽보 대신에 다른 물건을 잔뜩 쌓아 두고 있었다.

다름 아닌 전단지.

내용은 똑같았다. 손해배상을 청구할 사람을 구한다는 내용이었다.

"저들은 두 가지를 놓고 선택을 해야 해. 이걸 그냥 두든가, 빼 가든가."

전자를 선택하면 점점 이미지가 나빠질 것이다.

그리고 그로 인해 신도들이 떠나는 효과가 나타날 것이다.

거기에다 실제로 민사소송에 들어가게 된다고 하면 얼마나 배상해야 하는지도 답이 없고.

돈 때문에 사기를 치는 사람들에게 돈을 잃어버린다는 것은 엄청난 손해다.

"그리고 이걸 빼 가면 말이야."

"절도지."

손채림은 안다는 듯 고개를 끄덕거렸다.

"그건 나도 알아."

"어떻게 알아?"

"제법 유명한 판례잖아. 흔하게 벌어지는 사건이고."

"하긴."

절도란 남의 물건을 훔쳐 가는 것을 말한다.

시중에 '무가지'라는 것이 있다.

이는 길거리에서 나눠 주는 빈대 시장 또는 담벼락 같은 생활 정보지를 뜻한다.

당연히 누구나 쉽게 들고 갈 수 있도록 길거리에 비치되어 있다.

"하지만 모르는 사람들이 그걸 왕창 집어 가잖아."

"그렇지."

폐지를 줍는 사람들이 그게 공짜라고 몽땅 가지고 가서 폐지로 파는 일이 생기자 결국 회사는 그런 사람들을 신고했다.

그리고 법원에서는 아무리 무가지로서 공짜로 나눠 주는 것이라고 할지라도 용도가 정해진 이상 다른 목적으로 대량으로 가지고 가는 행위는 절도라는 판결을 내렸다.

"그리고 이들은 이걸 보고 결정해야지."

아파트 입구에는 홍보용 광고 전단을 넣어 두는 공간이 있다.

그곳에 뭔가를 넣기 위해서는 관리 사무소에 돈을 내야 하는데, 그 정도 돈을 내는 건 어렵지 않다.

"자, 그러면 저쪽에서 어떻게 나오는지 두고 보자고."

전단함에 두둑하게 전단지를 넣어 둔 노형진은 씩 웃었다.

"하늘님께서는…… 우리를 사랑하십니다. 하늘님에게 봉사하는 것은 결국 인간에 대한 봉사입니다. 하지만 하늘님이 모든 곳에 있지 않기 때문에 우리 목사를 만들었고, 목사들은 여러분의 자발적인 봉사와 지원을 하늘님에게……."

설교하면서도 이한울은 등골이 서늘했다.

문 바깥에 서 있는 경찰들 때문이었다.

상당히 곤혹스러운 표정으로 서 있는 사람들.

그들은 어쩔 줄 몰라 하는 표정이었지만 이곳을 떠나지는 않고 있었다.

"오늘은 여기까지 하겠습니다."

결국 대충 설교를 마친 이한울.

아무리 집중하고 싶어도 집중할 수가 없었기 때문이다.

그러자 경찰들은 교회 안으로 들어왔다.

"무슨 일입니까?"

"목사님, 이번에는 절도죄입니다."

"절도?"

"네. 몇몇 신도분들이 전단지를 뭉텅이로 훔쳐 갔습니다."

"뭐라고요?"

이한울은 멍한 얼굴이 되었다.

고작 전단지를 뭉텅이로 훔쳐 갔다는 이유로 여기까지 경찰이 오다니?

"물론 당장 구속하자는 게 아닙니다. 어차피 조사를 위한 출석 요구서는 우편으로 갈 테니까……."

"그런데 왜 오신 겁니까?"

"목사님이 신도들에게 말씀을 좀 잘해 주십사 해서 온 겁니다."

이 사건으로 수십 명이 절도범이 되게 생겼다.

그런데 상대방은 용서할 생각이 없으니 무조건 위로 올려야 한다.

당연히 전과가 생길 수밖에 없다.

"이 무슨……."

이한울도 이야기를 듣기는 했다.

하지만 고작 전단지 몇 장 가지고 절도라니?

"그게 말이나 됩니까? 공짜로 가져가라고 쌓아 둔 게 전단지 아닙니까?"

"그건 그렇습니다만, 목적을 제외한 다른 이유로 그걸 모조리 가지고 가는 건 절도가 맞습니다."

가령 어떤 치킨집에서 홍보를 목적으로 전단지를 비치했는데 경쟁하는 가게가 그걸 통째로 훔치면 그 행위는 절도가 맞다.

아니라고 해도, 최소한 업무방해다.

"이익!"

신도들 중 상당수가 그걸 보고 화가 나서 뭉텅이로 빼내서 버렸다는 이야기는 들었다.

그래서 잘했다고 칭찬해 줬는데, 설마 그게 절도가 될 줄이야.

"알겠습니다."

이한울은 이를 악물며 대답했다.

"이건 방법이 없는데요?"

사기꾼이 변호사를 찾아간다는 것은 참으로 웃긴 일이다.

물론 변론을 위해 찾아가는 경우도 적지 않다. 하지만 이번 경우는 좀 달랐다.

이한울은 어떻게 해서든 노형진에게 엿을 먹이고 싶어서 변호사를 찾아가서 보복하려고 했다.

업무방해든 뭐든 상관없다고 생각하면서.

하지만 변호사가 한 말은 그에게 실망만을 안겨 줬다.

"업무방해가 안 된다고요? 아니, 그놈들 때문에 우리 신도가 몇 명이나 전과자가 되었는지 아십니까? 네? 백 명이 넘어요! 백 명이!"

"그게 말이지요, 그건 그쪽 잘못입니다."

변호사는 곤란한 듯 고개를 흔들었다.

"일단 업무방해라는 것이 문제인데……. 포교가 교회의 업무라는 것도 인정하기 참 애매하거든요. 설사 업무라고 할지라도 타인의 권리를 침해하면서까지 이루어지는 업무는 법원에서 인정하지 않고요. 이 경우는 법률의 해석이 바뀌었기 때문에 누가 봐도 주거침입이 맞습니다."

변호사의 말에 이한울은 입을 쩍 벌렸다.

"하지만 허위 사실 유포나 명예훼손이잖습니까!"

"허위 사실 유포는 안 됩니다. 일단 불법을 저지르신 게 맞거든요. 그나마 되는 게 명예훼손이기는 한데……."

서류를 보던 변호사는 고개를 흔들었다.

"그것도 무리일 것 같네요."

"네? 어째서요!"

"명예훼손이라는 것은 타인의 명예를 훼손할 목적으로 허위 사실 또는 진짜 사실을 유포해야 하는데요."

그는 노형진이 쓴 전단지 중 하나를 꺼내 보이며 설명을 이어 갔다.

"여기에는 해당 교단이 사기꾼이라거나 돈을 노린다거나 하는 말은 전혀 기재되어 있지 않아요. 그저 해당 교단의 무리한 포교 활동으로 인해 피해를 입은 사람들이 모여서 손해 배상을 청구하자는 내용일 뿐이지요."

"그게 그거 아닙니까!"

"그게 그거가 아닙니다. 사실 전혀 다른 이야기지요."

이 전단지에는 어떠한 사실이나 의견도 없다. 그저 희망자만 모집할 뿐이다.

그러니 명예훼손이 되지 않는다.

"설령 우기고 우겨서 허위 사실 유포가 인정된다고 해도, 이 경우에는 위법성이 조각됩니다. 피해자들을 도울 목적으로 사람들을 모집하는 거니까요."

"그러면 우리가 할 수 있는 건 없는 건가요?"

"방법이 없습니다."

변호사는 고개를 흔들며 말했다.

이한울은 이를 박박 갈면서 변호사 사무실에서 나올 수밖에 없었다.

"어떻게 할까요, 교주님?"

"그 지역은 당분간 포교 활동에서 빼놔요."

"네? 하지만……."

"타초경사의 우를 범할 수는 없습니다."

이쪽에서 계속 세를 확장하려고 한다면 노형진이 또 무슨 함정을 팔지 모른다.

그러면 도리어 있는 신도들도 떠날 판국이다.

지금까지 자기가 세력을 키우기 위해 얼마나 노력했는데, 그럴 수는 없다.

'언젠가는…….'

언젠가는 그곳을 다 집어삼키겠지만 지금은 아니었다.

"당분간은 우리가 참읍시다."

이한울은 욕심을 애써 억누르면서 침통하게 말했다.

⚖

"안 오네."

"아무래도 질려 버린 모양이지."

오는 족족 처벌을 받으니 결국 포기한 듯 더 이상 오지 않는 포교꾼들.

노형진은 아쉬운 듯 입맛을 다셨다.

"행복한 감방 생활을 목표로 작전 한 다섯 개쯤 더 짜 놨는데."

"이 정도면 어지간한 곳의 포교는 물 건너간 것 같네만?"

김성식은 기가 막혀 하면서 고개를 흔들었다.

"사실 입구에다가 포교 금지라고 하나만 써 붙여도 되기는 합니다만."

"그거 지키는 사람 못 봤는데."

"그러니까요."

노형진은 피식 웃으며 말했다.

붙여 놓으면 뭐 하나, 자기들이 떼어 내고 '우리는 그런 거 못 봤습니다.'라고 하면 그만인 것을.

"종교는 개인의 자유인데 말이지요."

이런 식으로 하는 포교는 도리어 상대방에게 적대감만을 불러일으킬 뿐이다.

하지만 대부분의 포교는 이런 식으로 이루어진다.

"돈도 안 들고 편하니까."

"응?"

"포교하는 가장 좋은 방법은 그 종교가 올바르고 선량하다는 것을 보여 주는 것이네. 하지만 그건 돈도 많이 들고 힘들지. 특히나 종교 지도자들이 힘들지."

김성식은 아쉽다는 듯 말했다.

"그러니 안 하는 거야. 하지만 이런 방식은 아랫사람만 굴리면 되거든. 선교사라는 사람들이 얼마나 박봉인지 자네들은 모를 걸세."

왠지 씁쓸한 표정이 되는 김성식이었다.

"언젠가는 나아지겠지요."

"글쎄……."

노형진은 고개를 흔들었다.

"세상은 결국 다른 듯하면서 비슷하거든."

종교의 탈을 쓰고 있을 뿐 결국 아랫사람.

그러니까 선교사들이 고생하는 건 기업이나 종교 시설이나 마찬가지다.

"아마 쉽게는 안 바뀔걸."

만일 그런 곳이 있다면 노형진은 진심으로 그곳에 나갈 생각이 있었다.

'그럴 리 없지.'

하지만 남는 것은 결국 한숨뿐이었다.

호랑이가 없는 숲의 여우들

　문태현이 후보에서 사퇴한 후에도 여당과의 싸움은 계속
되고 있었다.

　오죽 답답하면 보고 있던 노형진이 머리를 절레절레 흔들
지경이었다.

　"왜 저러는 건지……."

　"지금은 개가 나가도 당선이 된다잖아. 그러니까 그렇지."

　"그러니까 내가 어이가 없는 거다."

　지금 현 야당이 압도적으로 유리한 것은 사실이다.

　하지만 그건 어디까지나 현 여당보다 상대적으로 깨끗하
다는 이미지 때문이다.

　"그런데 저렇게 서로 네거티브 하고 일단 던져 보고 아니면 마는 식으로 떠들어 대면 상대적으로 유리하던 이미지도 개판이 되잖아."

"그러니까."

"우리나라 정치인들은 진짜 머리에 뇌 대신에 우동 사리 같은 걸 넣어 두고 다니나?"

그렇지 않다면 저런 짓거리를 하지 않아야 정상이다.

오죽하면 바닥을 치던 현 여당의 지지율이 지난 일주일 사이에 10%나 올랐다.

국민들이 그놈이 그놈이라고 생각하고 있는 것이다.

"그나마 최재철을 날려 버리기는 했지만."

그렇다고 해서 현 정부와 언론의 끈끈한 카르텔이 사라진 것은 아니다.

지금도 언론은 야당의 잘못은 크게, 여당의 잘못은 작게 떠들고 있다.

"이거 유리한 거 맞아?"

"모르겠다."

노형진은 어깨를 으쓱하면서 뉴스를 꺼 버렸다.

최재철도 사라지고 여당의 대통령 배출도 사실상 거의 불가능한 상황이 되어 버렸다.

'누가 되든 원래 역사보다는 나아지겠지.'

노형진은 그렇게 생각하면서도 한편으로는 상당히 고민이 많았다.

'본격적으로 역사가 뒤틀리는 시점인데, 나는 어떻게 되려나?'

그는 회귀해서 과거로 돌아왔다. 그리고 지금까지는 대부분 역사대로 흘러왔다.

대룡이 살아남고 새론이라는 거대한 로펌이 생기기는 했지만 그게 역사를 바꿀 정도는 아니었다.

그래서 대부분이 그의 기억대로 흘러왔는데…….

'다음 대통령이 문제야.'

정치는 사람들의 생각보다 일상생활과 훨씬 밀접하다.

대통령이 바뀌면 사회정책도, 기업 정책도 바뀐다.

당연히 노형진이 투자하는 기업의 이해득실도 바뀔 수밖에 없다.

'후우, 완전 앞이 깜깜하구먼.'

그나마 해외 쪽 뉴스를 더 잘 알고 있어서 손해 보는 일은 없겠지만 옛날처럼 한국에서 돈을 버는 것은 한계가 있을 가능성이 높다.

"이제는 나도 앞을 어떻게 준비해야 하는지 모르겠다."

"천하의 노형진이 그러면 어쩌자는 거야?"

"내가 무슨 용가리 통뼈냐? 내가 무슨 점쟁이도 아니고, '이렇게 될 겁니다.'라고 어떻게 말해?"

툴툴거리면서 고개를 흔드는 노형진.

그런데 그때 바깥에서 누군가가 그를 타박했다.

"자네 정도면 충분히 점쟁이 노릇을 할 수 있지 않을까?"

"유 회장님?"

고개를 들어 보니 유민택 회장이 빙긋 웃으면서 서 있었다.

"어쩐 일이십니까?"

"내가 못 올 곳을 왔나?"

"요즘은 그다지 뵐 일이 없지 않았습니까?"

"그건 그렇지."

그는 안으로 들어오면서 뒤를 향해 손짓했다.

그러자 안으로 따라 들어오던 비서는 고개를 숙이고는 그대로 멈춰서 문을 닫았다.

"무슨 일입니까?"

보통은 비서와 함께 다니는 그가 그런 행동을 하자 노형진은 등골이 오싹해졌다.

이만저만한 일이 아니고서야 그런 행동을 하지 않는 그의 성격을 알기 때문이다.

"또 왜 이러십니까, 겁나게?"

"겁나? 자네가?"

"사람을 피하게 하는 정도면 가벼운 일은 아닐 텐데요?"

"뭐, 가벼운 일은 아니기는 하지."

유민택은 작게 한숨을 쉬었다.

"도대체 무슨 일입니까? 대룡에서 무슨 일이 있나요? 하지만 대룡을 위협할 만한 곳은 없을 텐데요. 설마 다른 기업이랑 사생결단을 하자는 건 아니실 테고."

"그건 아닐세. 사실 대룡 문제는 아니야."

"그러면 무슨 문제가 있으신가요?"

"이게 문제야."

유민택은 작은 봉투를 꺼내서 건넸다.

봉투를 받아 든 노형진은 안에 든 서류를 꺼내 읽어 보다가 얼굴을 딱딱하게 굳혔다.

"이게 사실입니까?"

"자네한테 농담할 판국인가?"

그 말에 노형진의 얼굴이 어두워지자 손채림은 괜스레 눈치를 살폈다.

"저기……."

"말하게, 어차피 자네가 해결하려면 누군가는 도와줘야 하니. 자네가 믿을 수 있는 사람 아닌가?"

노형진은 고개를 끄덕거리고는 봉투에서 꺼낸 서류를 손채림에게 건넸다.

서류를 읽은 손채림은 격하게 손을 떨었다.

그녀의 시선이 저절로 유민택에게 향했다.

"백혈병요?"

"그러네."

"하지만 대표님은 매년 검사하셨잖아요?"

"신은 때로는 잔인하지. 검사가 끝나자마자 발병한 모양이더군."

"이럴 수가."

유민택.

대룡의 회장이자 한국 경제계의 거두.

그리고 자신들의 원수 성화를 무너트린 입지적인 인물.

말 그대로 한국의 역사에 남을 만한 사람이다. 그런 그가 백혈병이라니.

"내가 걱정하는 게 뭔지 아나?"

"압니다. 대룡이지요."

"맞아. 대룡이야."

대룡은 성화와 싸우는 내내 강력한 1인 체제 구조를 가지고 있었다.

성화에 의애 유민택의 아들들이 모조리 죽어 버리는 바람에 지원해 줄 사람이 없었기 때문이다.

"그런데 내가 백혈병이라는 사실이 알려지면⋯⋯."

"기업이 흔들리겠지요."

그가 강력한 힘을 발휘한 만큼 빠르게 성장하고 빠르게 대응할 수도 있지만, 반대로 그가 없다면 기업은 흔들릴 수밖에 없다.

중앙집권식의 기업의 한계였다.

"거기에다 내 후계라고 할 만한 녀석은 없지."

아들은 모조리 죽었다.

그나마 유일하게 남은 핏줄은 유영민이라는 손자 한 명뿐이다.

하지만 유영민은 아직 나이가 열 살도 되지 않은 어린아이다.

"소영이는……."

유민택은 한숨을 푹 쉬었다.

"마음이 너무 여려. 대리청정을 할 수도 없네. 이 세계는 며느리가 이겨 내기에는 너무 더러워."

노형진은 아무런 말도 하지 않고 고개를 끄덕거렸다.

대기업을 운영하기 위해서는 정도 필요하지만 때로는 냉정함도 필요하다.

당장 유민택은 성화를 쓰러트렸다.

당연한 복수라고 할 수도 있겠지만, 성화에 다니던 수천수만 명이 실직자가 되었고 수십만의 가족들의 생계가 불투명해졌다.

기업이 망해도 공장이 사라지는 건 아니니 고용이 승계되거나 다른 자리를 찾아갈 수도 있었겠지만, 그러지 못한 사람들도 분명히 존재한다.

그런데 그런 사람들을 걱정하면서 기업을 운영하면 절대로 살아남지 못한다.

"치료는 가능하신 겁니까?"

"다행히도. 하지만 자네도 알지 않나?"

"네……."

백혈병은 치료하는 것으로 끝나는 게 아니다.

재발할 수도 있는 데다 이런 병을 치료할 때 스트레스는 최악의 적이다.

그런데 대룡급 기업을 운영하면서 스트레스를 안 받는다?

'차라리 참새가 방앗간을 그냥 지나가지.'

치료를 위해 유민택은 적지 않은 시간 동안 뒤로 물러나야 한다.

지금만의 문제가 아니다.

아무리 유민택이 건강을 챙긴다고 해도 손자인 유영민이 기업을 이어받기 위해서는 20년은 더 살아야 한다. 그건 확실하지 않은 부분이다.

물론 그가 아직 다른 1대 회장들에 비하면 건강하고 젊은 편이라고 하지만, 그 이상으로 그는 고난도 많았고 스트레스도 심했다.

그게 백혈병의 원인일 가능성이 높은 상황에서 20년을 확실하게 버틸 거라는 보장은 없다.

"아무래도 조직화시켜야겠군요."

"그건 일단 지금을 넘긴 후의 이야기지."

유민택은 씁쓸하게 말했다.

"만일 내가 백혈병이라는 사실을 알게 된다면 회사 내부에서 전쟁이 터질 걸세."

권력을 가진 사람은 많다.

하지만 그들은 지금 유민택이라는 걸출한 영웅 아래에서

숨을 죽이고 있을 뿐이었다.

그런데 그가 뒤로 물러난다면?

그 자리를 차지하기 위해 서로 아귀다툼을 할 게 뻔하다.

"좋지 않군요."

물론 유민택의 가문이 절대적으로 유영민을 지지하겠지만 그건 어디까지나 그가 살아 있을 때의 일이다.

유영민이 안정적으로 가업을 이어받을 때까지 유민택이 버티지 못하면 가문도 찢어져서 서로 반목하면서 자신들이 지지하는 자들에게 힘을 실어 주려고 할 테니, 결국 유영민에게 갈 것은 전혀 없거나 갈가리 찢어진 대룡의 일부일 가능성이 높다.

"그래서 자네에게 찾아온 거야. 이번 일을 어떻게 해야 할지, 난 도무지 감이 안 잡히네."

"전문 경영인은 생각해 보신 적 없습니까?"

사실 노형진은 가문이니 핏줄이니 하는 형태로 이어지는 한국 재벌의 구조에 불만이 많았다. 그래서 넌지시 물었다.

하지만 그건 아무래도 무리였다.

"한국은 핏줄 중심 사회야. 더군다나 대룡은 우리 유씨 가문의 자금을 이용해 키운 가문 기업이나 마찬가지야. 전문 경영인은 이사진이 받아들이지 않을 걸세."

"하긴……. 유 회장님이 물러나면 그다음 자리는 자기 것이라고 생각하는 놈들이 분명히 있을 테니까요."

그런 상황에서 전문 경영인을 들인다?

아마 끼리끼리 작당해서 어떻게 해서든 잘라 내고 자신들이 다시 그 자리를 차지할 것이다.

"물려줄 사람은요? 유 회장님의 지분이 작은 것은 아니지만 그래도 지분을 가진 집안사람도 있지 않습니까?"

"나도 그랬으면 좋겠네만……."

유민택은 씁쓸하게 웃었다.

그리고 노형진은 그가 왜 그런 표정을 하는지 알 것 같았다.

"유씨라는 것이 하이 패스가 된 거군요."

"그래. 자리를 차지한 놈들은 많아. 하지만 능력 있는 놈들은? 없네. 더군다나 다른 경쟁자들이나 집안사람들이 인정할 수밖에 없는 정도의 능력? 꿈도 꿀 수가 없지."

"끄응……."

유씨 집안의 기업이나 마찬가지이다 보니 집안사람이라는 이유로 빠르게 승진했을 것이다.

그런 자에게 실력을 기대하기는 힘들다.

"완전 첩첩산중이군요."

후계자 문제는 어떤 기업이든 한 번은 짚고 넘어가야 하는 문제이기는 하지만 대룡은 그 문제에 있어서 최악의 상황이었다.

하지만 더 최악이 아직 남아 있었다.

"더 최악이 뭔지 아나?"

"뭔데요?"

"이게 어딘가에서 샌 거야."

"네? 설마…….."

"이미 기업 내에서 암투가 시작되었네."

"아이고, 맙소사."

노형진은 얼굴을 부여잡았다.

자신도 아는 걸 기업 내부의 인사들이 모를 리 없다.

그들이 서로 악착같이 힘을 모으고 회장 자리를 차지하기 위해 싸우기 시작했다는 말에 노형진은 머리가 지끈거렸다.

"최소한 저한테 회장을 해 달라는 소리는 안 하시겠네요."

"나도 그랬으면 좋겠네만, 후후후."

"그러면 의뢰 내용은…… 암투를 정리해 달라 이거겠군요."

"그렇지."

"흠…….."

노형진은 턱을 문질렀다.

후계 싸움이 시작된 상황에서 그걸 멈출 수 있는 사람은 별로 없다.

심지어 자식들끼리 싸움이 나도 아버지가 말리지 못하는 게 대기업의 후계 싸움이다.

하물며 유민택은 당장 물려받을 자식도 없다.

그러니 후계 싸움은 말 그대로 개싸움이 되어 버린 상황.

"가문에서는요?"

"이번에는 가문도 찢어졌네."

"각자 자기와 가까운 사람을 밀어주는 거군요."

"그래."

유민택이 있을 때는 유씨 가문이라는 이름하에 뭉쳤지만 이제는 그러지 못한다.

다 같은 유씨니까.

좀 더 가까이 있는 사람을 밀어주고, 그가 회장이 되면 과실을 나눠 먹고 싶으리라.

"너무 난이도가 높은데요."

사실 원래 역사에서라면 이런 고민은 없었을 것이다.

유민택은 죽고, 대룡은 성화가 집어삼켰으니까.

하지만 노형진 때문에 역사는 바뀌었고, 그 파급력이 본격적으로 영향을 미치기 시작한 것이다.

'과연…… 어떻게 될 것인가…….'

대룡이라는 존재는 사람들에게 큰 영향을 준다.

당장 유민택 회장이 물러나는 것만으로도 대한민국에 수많은 변화가 일어날 것이다.

그런데 대통령이 바뀐다? 그러면 진짜 답이 안 보이는 상황이 되어 버린다.

'거기에다가 대룡은 현재 친서민적인 이미지.'

장기적으로 봐서는 이게 참 좋다.

하지만 문제는, 기업을 하는 사람들은 장기적 수익보다는 단기적 수익에 매달리는 경우가 많다는 것이다.

대롱이 친서민적인 이미지를 취한다는 것은 반대로 말하면 주주들에게 가는 수익이 적어진다는 뜻이다.

"지금의 대롱 기조를 유지하고자 하는 사람은 있나요?"

"있다면 내가 자네를 만나러 여기까지 왔겠나?"

"역시나 그렇군요."

"아니, 왜? 지금 대롱의 이미지는 좋잖아. 역대 최고로 좋은데 그걸 지키려 하지 않는다고? 어째서?"

"국민들과 근로자들에게 수익이 많이 간다는 것은 반대로 말하면 주주들의 수익이 줄어든다는 거야. 문제는 어떤 주주도 그걸 좋아하지 않는다는 거지."

"하지만 지금까지 잘 참았잖아."

"지금까지 잘 참은 게 아니라 참을 수밖에 없었던 거야. 성화와 전쟁 중이었으니까. '모두를 다 잃을 것인가, 아니면 일부를 잃어버리고 승리할 것인가.' 하는 상황이었으니 모두가 어쩔 수 없이 후자를 선택한 거지."

"그런데 왜?"

"이제는 성화가 없으니까."

"아……."

"성화가 없으니 적도 없고, 국민들에게 잘 보일 이유도 없지. 그리고 기업은 사실 가면만 잘 쓰면 이미지를 오래 유지할 수 있거든."

지금 대룡의 이미지는 어느 때보다 좋다.

그러니 회장이 된 후에 그런 혜택을 줄이는 대신 광고에 투자하면, 이미지는 지키면서도 더 많은 수익을 주주들에게 나눠 줄 수 있다.

"거기에다 전쟁이라는 것은 아군이 필요한 법이네. 이 세상에 이득도 없이 아군으로 참전하는 사람은 없고 말이야."

이번 전쟁에 참가한 사람들은 서로서로 자기편을 정하고 있다.

그들이 이번 전쟁에서 승리하는 조건으로 자신에게 막대한 이득을 줄 것을 요구할 것은 당연한 일.

"결국 누가 되든 지금 대룡의 기조는 유지할 수가 없어. 이번 전쟁에서 필요한 돈을 받아 내려고 한다면 말이야."

"최악의 경우, 외부 자금이 대룡으로 들어올 걸세. 아니, 100% 그럴 거야. 그러면 대룡은 과거의 대룡이 아니게 되는 거지."

대룡이 유씨 집안의 기업이라고 하지만 모든 사람이 유씨 집안 출신인 것은 아니다.

유씨 집안을 우대하는 그 불공정함을 뚫고 성장한, 능력 있는 사람들이 존재하는 것이다.

그런 그들이 과연 후계자 싸움이 시작되었을 때 상황을 모른 척할까?

아니면, 다른 기업을 등에 업고 그들의 지원을 받아서 대룡을 집어삼키려고 할까?

후자를 선택한다면 대룡은 유씨 집안에서 다른 기업으로 통째로 넘어가는 셈이다.

그리고 유민택은 그럴 가능성이 아주 높다는 걸 알고 걱정하고 있었다.

유씨 집안 우대 정책은, 반대로 말하면 유씨 집안 출신의 능력이 그들보다 떨어진다는 뜻이니까.

"자네는 어떻게 생각하나? 대룡이 바뀌어야 할까?"

"그건 곤란합니다. 극단적 천민자본주의는 국가를 좀먹습니다."

"나도 알지."

사실 극단적 천민자본주의의 파급 속도는 원래 속도보다 많이 느렸다.

그 이유는 대룡이라는 곳이 존재하기 때문이다.

극단적으로 돈만 좇아서 공격하려고 하면 대룡이라는 존재가 앞을 가로막았기 때문에 대기업들의 무차별적 상권 초토화가 아직 벌어지지 않은 것이다.

"생각해 둔 후보는 있습니까?"

"아니, 전혀."

유민택은 단호하게 선을 그었다.

"그런 병신들에게 기업을 맡기느니 차라리 다 팔아 버리고 현금으로 물려주겠어."

"그 정도입니까?"

"'부자는 길어야 3대'라는 말이 왜 생겼는지 알지 않나?"

"으음……."

1대는 악착같이 성공한다.

그리고 2대는 그걸 보고 자란다. 그래서 물려받아도 지키기는 한다.

하지만 3대는 아니다.

3대는 그 돈을 가지고 있는 것이 너무나 당연한 일이고, 그 때문에 사람들을 자신보다 아래인 사람, 즉 옛날로 치면 노예쯤으로 보는 인간들이 많다.

"그런 놈들이 많은가 보군요."

"유씨 집안에서 태어난 건 하늘이 도운 거지. 하지만 그게 끝이야."

집안의 기업이니 어쩔 수 없이 쓰기는 한다.

하지만 그 혜택을 입을 뿐, 그걸 이용해서 뭔가를 이룩할 생각은 없다.

"그래서 이번 참에 잘라 내고 싶네. 그게 내 의뢰네."

"그게 무슨 말씀이십니까?"

노형진은 깜짝 놀랐다.

백혈병 사실을 몰래 퍼트린 직원을 찾아 내보내려는 건 줄 알았는데 그런 인간들을 내보내고 싶다니.

"이보게, 노 변호사."

유민택은 몸을 숙여서 노형진을 바라보았다.

"내가 누구인 것 같나?"

"그거야…… 유민택 회장님이시지요."

"내가 그렇게 쉽게 죽을 것 같나?"

"으음……."

"백혈병이라고 해도 만성이야. 급성도 아니고 만성은 진행 속도가 느리지."

"그거야……."

확실히 그렇다.

더군다나 그가 누군가, 대룡의 회장이다.

대한민국, 아니 전 세계에서 최고의 전문가만 데려와서 치료할 것이 당연한 일이다.

"하지만 철모르는 놈들은 이참에 어떻게 좀 해 보고 싶어 하겠지."

"설마……."

"그래. 난 내 후계자에게 깨끗한 기업을 넘겨주고 싶네."

"……."

노형진은 입을 다물었다.

그가 하는 말은 지금 그가 걸린 백혈병과는 비교도 안 되는 무서운 말이었기 때문이다.

"숙청 작업을 하겠다는 말씀이십니까?"

"숙청이라……. 틀린 말은 아니네. 지금의 대룡은 너무 썩

었어. 새로운 물을 받아들이지 않아."

"그건 그렇지요."

"우리 가문의 도움으로 기업이 크기는 했지만, 성화와의 싸움을 거치면서 그들의 입김이 너무 강해졌어."

노형진은 대충 상황을 알 것 같았다.

대룡이 크기는 하지만 성화와의 싸움을 혼자 할 수는 없었다.

시작할 당시 성화가 훨씬 컸으니까.

당연히 자금을 조달할 수 있는 곳을 찾으려고 했는데, 그곳이 다름 아닌 가문.

"하지만 그사이에 우리 쪽에서 욕심을 부리는 인간들이 야금야금 들어왔지."

처음에는 자금만 지원했을 것이다.

하지만 유민택의 나이를 생각하면 언젠가 후계 문제가 생길 것을 예상했을 테니, 그 자리를 차지하기 위해 저마다 자기 세력을 심었을 것이다.

"그걸 거절하지 못하셨을 테구요."

"부정하지는 않겠네. 그때는 죽느냐 죽이느냐의 싸움이었으니까."

하지만 전쟁은 끝났고, 성화는 사라졌다.

그리고 그 이후에 내부로 들어온 자들이 본색을 드러내기 시작했을 것이다.

"고려의 왕건이 나라를 세운 뒤 후계 문제로 시끄러웠다고 하지."

"그렇다고 배웠습니다. 지방 호족을 배제하는 대신에 그들의 도움을 받은 것이 실수라고 하죠."

힘이 약한 왕건으로서는 어쩔 수 없는 선택이었을 것이다.

가장 강력한 관계는 역시나 혼인으로 맺어진 관계다.

왕건의 아내는 수십 명이었고, 그들에게서 태어난 아이들 역시 숫자가 어마어마했다.

"그걸 정리하느라고 고생했지."

"차라리 저보고 대룡을 맡아 달라고 하세요. 지금 의뢰하는 게 어떤 일인지 정말 제대로 알고 계시긴 한 겁니까?"

"알지. 아주 잘 알지. 그런데 그걸 할 수 있는 이가 자네 말고 누가 또 있나?"

"끄응……."

숙청 작업을 한다는 것. 그걸 도와준다는 것.

그건 대룡과 싸워야 한다는 뜻이다.

그것도 '혼자서' 말이다.

"상식적으로는 말이 안 되지."

"후우……."

한국에서는 대기업 사건의 반대에만 서도 온갖 불이익을 당한다.

그런데 대룡의 숙청 작업을 도와 달라?

성공하면 엄청난 이권이 붙겠지만, 실패하면?

아마 숙청된 녀석들이나 숙청될 뻔한 녀석들이 가만두지는 않을 것이다.

　"그래서 내가 여기에 직접 온 거야."

　"그렇다면 백혈병은 숙청 작업의 핑계군요."

　"하이에나들이 이빨을 들이밀 때가 언제라고 생각하나?"

　"먹잇감이 가장 약해졌을 때이지요."

　"그래, 그리고 지금이 기회지."

　노형진은 그런 유민택을 보고 약간 소름이 돋았다.

　아무리 한평생 기업을 일궈 내고 그 과정에서 수많은 피를 본 사람이라고 하지만 자신의 질병조차도 도구로 사용할 줄이야.

　"지금 안쪽에서는 싸움이 벌어지고 있네. 사실 내가 흘린 거지. 저들은 내 증세가 생각보다 심하다고 알고 있어."

　"그래요?"

　"그래."

　"하지만 아무리 건강하시다고 해도 그냥 두면 악화되잖아요? 백혈병은 항암 치료를 하고 골수이식을 하는 것뿐인데, 골수이식을 하시려면 항체가 맞는 사람이……."

　지금 유민택의 유일한 혈육은 유영민뿐이다.

　노형진은 자신도 모르게 침을 꿀꺽 삼켰다.

　"자네도 같은 생각이군."

　"설마……."

"한 번."

"미친놈!"

짧은 대화였지만 내용은 충분했다.

유민택과 가장 골수가 맞을 가능성이 높은 건 유영민이다.

그가 죽으면 유민택이 맞는 골수를 찾기 힘들 수도 있다.

그리고 한 번이라는 것은, 최소한 한 번 유영민이 죽을 뻔한 일이 있었다는 뜻이다.

"그 애 나이가 얼마나 된다고요! 그런 애를 죽이려고 해요?"

"돈은 때로는 잔인한 법이네, 손채림 양. 우리 가문이라고 하지만 그들이 날 도와준 건 성화에 모든 걸 잃어버리지 않기 위해서지, 날 믿어서가 아니에요."

"그거야 그렇지만……."

"돈 때문에 가족끼리 연을 끊고 소 새끼 개새끼 하는 경우가 얼마나 많은지 알잖나?"

손채림은 아무런 말도 하지 못했다.

일반 건물 하나 가지고도 그런 일이 벌어지는데, 상대방은 거대한 대룡의 회장 자리다.

손짓 한 번에 그런 빌딩 하나가 생기고 사라지는, 전지전능한 자리.

"그러면 경호는 어떻게 하셨습니까?"

"경호는 붙여 놨네. 다행히 검사 결과, 항원이 부적합 판정이 나왔네."

"다행이 아니지 않습니까?"

"그렇기는 하지. 그러나 내 후계자라는 정당성은 사라진
게 아니니까."

"그게 아니라……."

노형진의 말에 유민택은 씩 미소를 지었다.

"한국 사람들이 몇 명인데 어딘가에 맞는 사람이 있겠지.
사실 아무리 내가 아파도 내 눈에 넣어도 안 아플 손자에게
그런 커다란 바늘을 찌르고 싶지는 않네."

"네?"

"그 작은 아이에게 어떻게 그런 끔찍한 짓을 한단 말인가?
뼈에 바늘을 넣어서 골수를 빼다니."

"아……."

노형진은 그가 아직 잘못 알고 있다는 사실을 알았다.

"저기, 지금은 그 방법 안 씁니다. 뭐, 쓰려고 하면 쓸 수
는 있지만 안 하죠."

"안 해?"

"네. 지금은 혈액에서 직접 뽑아냅니다."

"뭐?"

"그건 골수가 아니라 조혈 모세포라고 하는데, 아예 혈액
에 없는 게 아니라서요."

마치 투석하듯이 빼낸 피에서 조혈 모세포만 걸러 내서 그
걸로 이식하는 것이다.

이것이 법이다

"과거보다 훨씬 오래 걸리기는 하지만 전처럼 아프지도 않고 또 훨씬 안전하지요. 그래서 요즘은 거의 그렇게 합니다."

"이런…… 난 그런 건 몰랐군."

"뭐, 가장 큰 문제는 그걸 빼내는 데 오래 걸려서 지겹다는 것 정도?"

한 번 피를 빼내는 데 길게 잡으면 네 시간 정도 걸린다.

그래서 기증자는 그냥 하염없이 누워 있어야 한다. 그것도 피가 잘 나오게 주먹을 쥐었다 폈다 하면서.

"어찌 되었건 그건 내가 알아서 하겠네. 이 잡듯이 뒤지면 우리나라뿐만 아니라 세계 어디든 간에 나랑 맞는 사람 안 나오겠는가? 설사 안 나온다고 해도, 내가 현상금으로 한 10억쯤 걸면 누구든 나오겠지."

"거참."

노형진은 입맛을 쩝쩝 다셨다.

"어째 기분 좋은 얼굴은 아니군."

"죽음이 누구에게나 공평한 건 아닌 것 같아서요."

"공평하지는 않네. 하지만 언젠가는 죽는 게 인생이겠지."

"뭐, 그렇게 말씀하시는 걸 보니 살아남을 자신은 있으신 것 같군요."

"그래. 그러니 그 부분은 걱정하지 말게. 중요한 건 지금 회사 내에서 분탕질을 하고 있는 놈들을 쳐 내는 거야. 가능하겠나?"

"음……."

노형진은 딱히 확실하게 말을 하지 못했다.

할 수 있을 리가 없었다.

상대방은 대룡이다.

유민택이 말하는 사람들이 과장이나 부장급의 '그저 그런' 놈들은 아닐 것이다.

최소한 상무나 이사, 사장급의 실세일 가능성이 높다.

"실패하면 어떻게 되죠?"

"뭐, 그놈들이 자네를 잡아먹으려고 덤비겠지."

"성공하면?"

"성공 보수?"

"손해가 너무 큰데요."

아무리 큰돈을 준다고 해도 대룡이라는 거대한 적과 싸워야 한다.

유민택이 알음알음 도움을 주려고는 하겠지만 어디까지나 몰래 주는 것이다.

까딱 잘못하면 유민택이 역공당할 테니까.

"계열사라도 하나 넘겨줄까?"

"아니요. 짐은 사양입니다."

안 그래도 바빠 죽겠는데 회사까지 운영하려면 아마 노형진이라고 해도 과로로 쓰러져 죽을 것이다.

"하지만 숙청 작업이라……. 그건 마음에 드네요."

유민택의 말대로 사람은 영원히 살 수 있는 게 아니다.

그러니 언젠가 그가 죽으면 대룡은 확실하게 바뀔 것이다.

그것도 아주 안 좋은 쪽으로.

'역사를 바꾸려면 좋은 쪽으로 바꿔야지.'

거기에다 그들은 원래 역사에서 대룡이 망할 때까지 아무 것도 하지 못한 놈들이다.

물론 나름 발악했을 테지만 결국 막지 못하고 기업을 날려 버린 놈들이다.

그런 놈들이 기업을 잘 운영할 것 같지는 않았다.

"그러면 어쩌겠나?"

"일단은 만나 봐야지요."

"만나 봐?"

"네, 지피지기 백전불태라고 하지 않았습니까?"

그리고 상대방을 봐야 이쪽이 어떻게 해야 할지 알 수 있을 것이다.

⚖️

"콜록, 콜록."

파리한 얼굴의 유민택.

줄줄이 링거를 꽂고 있는 그의 모습은 당장이라도 죽을 것 같았다.

심지어 어디서 한 건지 분장까지 묘하게 해서, 아주 자세하게 보지 않으면 파리한 얼굴조차도 진짜로 보일 정도였다.

'안 아프지는 않을 텐데.'

물론 아무리 만성이라고 해도 몸 상태가 멀쩡한 상황은 아닐 것이다.

그럼에도 불구하고 그는 굳이 회의 석상에 나서서 회의를 주관하고 있었다.

"오늘 회의는 이쯤하고 여러분들에게 소개할 사람이 있다."

유민택이 힘들게 입을 연 뒤 노형진이 앞으로 나가자, 시선이 모두 노형진에게 쏠렸다.

"이 사람이 누구인지는 알 거라 생각한다."

"네, 알지요."

"압니다."

"모르는 사람은 없지요."

성화와의 전쟁에서 일등 공신.

성화의 추한 계획을 알아내고, 유일한 후계자를 지켰으며, 결국 수많은 작전으로 성화를 무너트린 사람, 노형진.

그런 그를 바라보는 사람들의 시선은 왠지 묘했다.

'이거 참, 이런 게 애증의 시선이라는 건가?'

그가 없었다면 지금의 대룡은 없다.

그들은 원래 역사를 알지는 못하지만 만일 노형진이 없었다면 대룡이 지금처럼 커지기는커녕 멀쩡하지도 않을 거라는 건 잘 알 것이다.

그래서 한편으로는 고맙지만, 또 한편으로는 자신들이 대룡을 집어삼키기 위해서는 노형진이라는 벽을 넘어야 한다는 것에 고민하고 있을 것이다.

"내가 몸이 이러니 정확하게 하기 위해 불렀다. 지금부터 노형진이 내 법률적인 유산 관리 변호사다."

"네?"

"그게 무슨 말씀이십니까, 회장님!"

"그건 가문에서 정해야 할 일입니다!"

"내가 왜 내 유산을 가문에서 정하는 대로 해야 하지? 물론 가문에서 도움을 많이 받기는 했지만 결국 내 명의의 재산이 제일 많은데?"

"그거야……."

"그리고 개인의 재산을 관리하는데 변호사를 쓰는 건 당연한 거 아닌가?"

다들 차가운 눈빛으로 노형진을 바라보았다.

아까는 애증의 시선이었다면, 이번에는 명백한 적대감.

'그래, 이게 정상이지.'

노형진은 한숨만 나왔다.

수많은 유산상속 문제를 정리하면서 마주해 왔던 바로 그 시선들이다.

혹시나 나한테 뭐 하나 떨어지지 않나 하는 기대감과, 저

놈만 아니면 저 돈이 내 것이라는 헛된 생각이 뒤섞여 있는 시선들.

"다들 아신다고 하니 제 소개는 따로 안 하겠습니다. 말씀하신 것처럼 유민택 회장님의 유산상속 문제는 제가 정리하도록 하겠습니다."

"으음……."

다들 불만으로 가득한 얼굴이 되었다.

그렇다면 그 돈이 다 유영민에게 갈 거라 생각했기 때문이다.

하지만 그다음 순간 노형진은 생각지도 못한 말을 꺼내서 그들의 정신을 뒤흔들었다.

"일단 유언장 중 일부 내용을 발표하겠습니다."

"뭐? 유언장의 일부 내용을 발표?"

"장난해?"

사람이 아직 죽지도 않았다.

멀쩡하게 당사자가 옆에 있는데, 거기서 유언장을 발표한다니?

이해가 가지 않는 표정이 되는 사람들.

"내가 노형진 변호사와 이야기하고 결정한 것이니 다들 조용히 들거라. 콜록, 콜록."

유민택은 말을 하는 것도 힘든 듯 거칠게 기침했지만, 누구도 그런 그를 걱정하지 않았다.

시선은 오로지 노형진에게 붙박여 있을 뿐이었다.

"일단 일부 재산에 관하여 발표하겠습니다. 현금 자산 전부와 부동산 전부, 증권 자산의 30%를 손자 유영민에게 남긴다. 유영민이 만 24세가 되는 순간까지 그 대리 집행인으로 노형진과 유영민의 모 강소영을 지정한다. 24세 미만일 경우, 모 강소영은 매달 3억 이하, 1회 1억 이하의 자금에 대해서는 자유롭게 쓸 수 있지만 그 이상은 노형진 변호사 또는 그가 지정한 자산 관리사와 이야기하고 써야 한다. 그리고 유영민이 만 24세가 된 이후 매달 10억, 1회 3억 이상의 자산 사용에 대해서는 역시 노형진 또는 그가 지정한 자산 관리사와 이야기해야 한다."

첫 번째 조항이 발표되자 다들 어리둥절한 표정이 되었다.

물론 재산을 넘기는 것은 예상한 일이다. 현금으로만 수백억에 달하는 돈이니까.

하지만 정작 제일 중요한 부분, 그러니까 대룡의 주식에 대해서는 이야기가 없었다.

그 가치만 해도 수천억일 텐데 말이다.

"두 번째 유언은 다음과 같습니다. 남은 70%의 지분에 대해서는 유영민이 35세가 되는 순간까지 차기 회장에게 운영권을 일임한다."

"뭐라고? 그게 무슨 소리야?"

"운영권 위임이라니?"

"말 그대로입니다. 이 재산은 유영민 군이 35세가 될 때까지 공식적으로 후계자분이 대리해서 운영하는 겁니다."

"대리해서?"

"네."

모두의 눈에서 불이 확 켜졌다.

그리고 거의 동시에 서로를 살폈다.

대리해서 70%의 주식을 운영한다?

이 말뜻은 사실상 그 사람이 대룡의 회장이 된다는 것이기 때문이다.

물론 소유권은 유영민에게 있다고 하지만 그가 35세가 되려면 아직도 기나긴 시간이 남아 있다.

그 시간이면 그보다 더 많은 돈을 빼돌릴 수 있다.

"그러면 그 후계자는 누가 되는 겁니까?"

노형진은 씩 웃었다.

"후계자는…… 이제부터 뽑아야지요."

"뭐라고?"

"이런 말이 있지요. 사자는 자기 새끼를 절벽에서 떨군다고."

"그게 무슨……?"

"지금부터 여러분들은 시험을 치를 겁니다. 그리고 그걸 통과하는 분이 이 대룡의 모든 것을 가지게 될 겁니다."

그들은 침을 꿀꺽 삼켰다.

"시험 주제는 추후 공개합니다. 그리고 그 결과를 내기 위해서 무슨 짓이든 하셔도 상관없습니다. 다들 아실 테지만

이 세계는 차가운 법이니까요. 이상입니다."

노형진의 말에 다들 많은 고민을 하는 표정이 되어 자리를 떠나지 못했다.

노형진은 그들을 두고 유민택을 데리고 회장실로 올라왔다.

그러자 아까만 해도 죽어 가던 유민택은 멀쩡한 얼굴로 일어났다.

"아픈 척하는 것도 힘들군."

"아픈 척이 아니고 아프신 겁니다. 지금 상황이 정상은 아니세요."

"날 우습게 보지 말게. 젊어서 사업할 때는 숱하게 칼을 맞아 본 사람이야."

그는 자신의 자리로 가서 담배 케이스에 손을 뻗었다가 고개를 흔들었다.

이미 비어 있는 걸 열어 봐야 아쉽기만 할 테니까.

"이것도 이제 치우라고 해야겠군. 그나저나 자네 계획에 속아 넘어갈까?"

"넘어갈 수밖에 없습니다. 참가하지 않으면 계승권을 박탈한다고 못 박아 버릴 테니까요."

"그런데 시험이라니……. 좀 전근대적이지 않나?"

노형진은 씩 웃었다.

물론 전근대적이기는 하다.

요즘 같은 시대에 후계자 테스트라니.

"제가 설마 진짜로 그들 중에서 후계자를 뽑으려고 하는 것이겠습니까?"

"그럼?"

"이제 저들은 서로서로 적대할 겁니다. 힘이 약한 자들은 뭉칠 테고, 강한 놈들은 스스로 해보려고 하겠지요."

"그거야 그런데."

"자기들끼리 아귀다툼하다가 나가떨어지는 거니 유 회장님을 원망하지는 못하겠지요."

"아하!"

"그리고 제가 노리는 건 사실 그들 개인이 아닙니다."

"개인이 아니다?"

"네. 그들은 개인이지만 그들 뒤에는 세력이 있으니까요. 유 회장님이 가장 많이 걱정하는 게 그 부분 아니었나요?"

"음……."

유민택은 침음성을 흘렸다.

맞는 말이다.

그들 뒤에는 가문의 자금이든 외부의 자금이든 세력이 있을 것이다.

투자해서 대룡을 집어삼킬 수만 있다면 어마어마한 이득일 테니까.

"그래서 제가 이 사자의 게임을 시작한 겁니다. 승리하기 위해서, 그들은 총력을 다해야 합니다. 그리고 자신들의 힘을 다 까먹겠지요."

"아! 그 방법이 있었겠군."

자신들끼리 싸우고 자기들끼리 물어뜯다 보면 자금을 써야 할 테니, 최종 라운드에 가면 승리는 했을지언정 힘은 빠진 상황일 것이다.

"그 후에 약속 지키라고 하는 건?"

노형진은 씩 웃었다.

"그래서 제가 약속이 아니라 '유언'이라고 한 겁니다. 약속은 하나의 계약이지요. 그러니 승리자가 요구하면 들어줘야 합니다. 하지만 유언은 대상자가 하나의 가능성을 열어 두는 것뿐입니다. 유언은 당사자 마음대로입니다. 계약을 어기는 건 불법이지만 당사자가 유언을 바꾸는 건 불법이 아닙니다."

"허!"

단어 한마디에도 그런 함정이 들어 있는 줄 몰랐던 유민택은 탄성을 내질렀다.

"게다가 그쯤 되면 저항하려고 해도 그들은 이미 힘을 잃은 후일 겁니다. 그리고……."

"그리고?"

"이미 내정자가 있습니다."

"응? 내정자라니?"

유민택은 고개를 갸웃했고 노형진은 그저 웃을 뿐이었다.

평원에는 절벽이 없다

"그럴듯하기는 한데……."

유민택은 떨어지는 링거액을 보면서 한숨을 쉬었다.

노형진의 계획이 그럴듯하기는 했지만 여전히 저들은 쉽사리 움직일 생각을 하지 않고 있었기 때문이다.

"당연히 쉽사리 안 움직이지요. 서로 탐색전을 하고 있을 테니까요."

"그렇겠지."

당장 움직이면 좋겠지만 저들도 자신들을 지지하는 사람들과 그러지 않는 사람들이 있다는 걸 안다. 그리고 여기서 지는 순간 무자비하게 숙청될 거라는 것도 안다.

그게 현실이다.

숙청이라는 것은 결코 북한 같은 독재국가에만 있는 게 아니다.

대기업에서 후계자가 정해지면 그 반대에 있던 사람들은 모조리 숙청된다.

"아마도 서로서로 뭉쳐서 견제하거나 파벌을 만드는 데 집중하고 있을 겁니다. 사실 저들이 아무리 세력이 많다고 해도 한 세력이 대룡을 모조리 집어삼키는 건 힘든 일이니까요."

"하긴, 그렇지."

대룡은 한국에서 10위권에 들어가는 거대한 기업이고, 노형진 덕분에 성화를 집어삼킴으로써 더 높은 순위까지 올라갔다.

현재 대룡의 재계 순위는 7위.

과거와는 비교할 수도 없을 정도다.

한국에서 재계 순위 7위면 어마어마한 권력이다. 어지간한 국회의원쯤은 개무시해도 될 정도로 말이다.

"하지만 나는 그것도 탐탁지 않군."

"어떤 거 말입니까?"

"그놈들이 뭉치는 거 말이야. 뭉쳐서 나중에 나한테 저항하면 어쩌려고? 사자는 자기 새끼를 강하게 키우기 위해 절벽에서 떨어트린다고 하지 않았나? 반대로 말하면 그런 곳에서 살아 나온 놈은 강하다는 뜻이고."

노형진은 피식 웃었다.

"그 말이 참 그럴듯하지요."

"그게 무슨 말인가?"

"사자는 새끼를 절벽에서 떨어트린다는 말 말입니다. 그럴듯하기는 한데, 사실 그거 거짓말입니다."

"뭐? 거짓말이라니?"

"사자가 사는 곳은 산이 아닙니다. 산에 사는 건 호랑이죠. 사자가 사는 곳은 아프리카의 대평원입니다. 하지만 대평원에는 절벽이 없지요."

유민택은 눈을 찌푸렸다.

이게 무슨 말인지 이해가 가지 않았기 때문이다.

"그 말은 절벽에서 떨어트리지 않는다는 건가?"

"네, 물론 약한 새끼는 버리고 갑니다. 하지만 절벽에서 새끼를 떨어트리지는 않지요."

"그런가? 많이 쓰는 말이기에 당연히 그럴 거라 생각했는데 전혀 아니군."

"레밍하고 같은 거죠."

"레밍?"

"네. 보통 사람들은 '자살 쥐'라고 알고 있지요. 나그네쥐라고도 하고요."

레밍은 한때 사람들에게 집단으로 자살하는 쥐로 알려졌다.

종족의 수가 많아지면 집단으로 자살함으로써 종족의 수를 조절한다고 말이다.

하지만 현실은 전혀 아니다.

레밍은 그런 성향이 없다. 인간이 만들어 낸 상상의 산물일 뿐.

"오죽하면 과거 다큐 작가들이 조작한 적도 있지요."

아주 오래전 다큐 작가들이 레밍이 자살하지 않자 놈들을 절벽으로 몰아서 자살하는 것처럼 연출했다가 발각된 경우도 있었다.

"마찬가지입니다. 인간이 그럴듯하게 만든 말이 정설이 된 거죠."

"그건 알겠는데, 그거랑 이거랑 무슨 관계가 있는 건가?"

"관계가 있지요. 인간들은 결국 믿는 것만 믿거든요."

"그런데?"

"슬슬 올 때가 되었는데요."

"누가?"

"전에 말한 히든카드요."

노형진이 말을 제대로 해 주지 않자 유민택은 눈을 찌푸렸다.

그때 문이 열리면서 훤칠하게 생긴 남자 한 명이 안으로 들어왔다.

"늦었습니다, 노 변호사님."

"아닙니다. 제때 오셨네요. 양반은 못 되시나 봅니다."

"그러네요, 하하하."

웃는 남자를 보면서 유민택은 고개를 갸웃했다.

이것이 법이다

이곳은 자신이 가진 병원의 특실이다. 그것도 최고층.

따라서 아무나 들어올 수가 없다.

앞에서 경호원이 지키고 있으니까.

그렇다는 건 이 사람의 방문이 미리 이야기가 되었다는 건데…….

"이 청년은 누군가?"

"인사하세요. 우리의 히든카드입니다."

"안녕하세요. 선창혁이라고 합니다."

"반갑소. 그런데 히든카드라니?"

"정확하게 말씀드리면 회장님 아드님 되실 분입니다."

"으잉?"

노형진의 말에 유민택의 눈이 휘둥그레졌다.

자신도 모르는 아들이 있다니?

다른 건 몰라도 그건 불가능하다.

아내가 바람피웠을지언정 자신은 바람피운 적이 없다.

그녀와 결혼하기 전에 만난 사람이 없는 것은 아니나 최소한 그녀들이 임신하지 않았다는 것은 확실했다.

그는 한 기업의 회장으로서 문제를 일으키는 것은 질색이었기 때문이다.

그런데 아들이라니?

"노 변호사, 지금 장난하나?"

"장난이 아닙니다. 우리 히든카드도 맞고, 아드님이 될 사람도 맞지요."

"난 이해가 안 가는구먼."

다른 사람이라면 일단 소리부터 질렀겠지만 상대방은 노형진이다. 절대로 일할 때 장난하는 사람은 아니다.

그런 만큼 유민택은 진지하게 물었다.

"제대로 설명을 해 주게."

"간단합니다. 이 사람은 지금부터 회장님에게 친자 확인 소송을 할 겁니다."

"하지만 난 자식이 없는데?"

"그건 회장님만 아시는 거죠. 사실 회장님 또래쯤 되시는 분들이, 그것도 한 기업의 회장쯤 되는 사람들이 과거에 방탕하게 놀았다고 해서 이상할 건 없지요. 뭐, 사회적으로 물의를 일으키기는 하겠지만요."

하긴, 지금 유민택의 유일한 후계자도 그런 식으로 해서 생겨난 유영민뿐이다.

만일 자신의 아들이 그렇게 방탕하게 지내지 않았다면 진짜로 대가 끊어지는 황당한 사건이 벌어졌을 것이다.

"그러니 그 와중에 아드님 하나쯤 있었다고 해서 사람들이 이상하게 생각할 이유는 없지요."

"그런데? 그거랑 이번 일이 무슨 관계가 있단 말인가?"

"이 사람이 이번 싸움에 끼어들 겁니다."

"이번 싸움에?"

"네."

노형진의 계획은 이랬다.

선창혁이 이번 후계 전쟁에 끼어든다.

일단 그가 친자 확인소송을 하고, 유민택은 조건부로 그가
끼어드는 걸 인정한다.

"하지만 그런다고 해서 그가 이길까? 이길 수가 없을 텐데."

"혼자서는 불가능하겠지요."

가문의 사람들이 달라붙어서 밀어주는 집안의 세력.

그리고 외부 세력이 붙어서 밀어주는 다른 세력들.

그들이 있는데 갑자기 하늘에서 떨어진 듯 친자가 나타난
다고 해서 싸움에서 이길 수는 없다.

"하지만 마이스터가 뒤에 있다면 어떨까요?"

"마이스터? 아하!"

지금 대놓고 외부 세력을 끌어오고 있는 놈들로 넘쳐 난다.

그런데 다른 곳도 아니고 노형진이 세운 마이스터 투자금
융이 지원해 준다?

그야말로 폭풍의 핵 수준이 될 것이다.

"하지만 그들이 받아들이지 않으면?"

"받아들이지 않을 수가 없을 겁니다. 선창혁 씨는 성인이
니까요. 애초에 이 후계자 전쟁이 일어난 이유를 생각해 보
세요."

유일한 후계자인 유영민은 아직 나이가 어리다.

그가 클 때까지 기업을 운영할 사람이 없다는 뜻이다.

하지만 선창혁은 아니다.

그는 성인이고, 충분히 기업을 운영할 수 있는 나이다.

"거기에다가 마이스터를 끌어당길 만큼 능력이 있는 분입니다. 실제로도 그는 미국 시민권자이구요."

"오호, 그래서?"

"그들은 거절하면 유언장을 고치면 끝입니다."

선창혁이 아들로서 유민택의 후계를 이어 가는 것으로 유언장을 고친다고 하면 그들은 말 그대로 닭 쫓던 개가 지붕 쳐다보는 꼴이 되어 버린다.

그러니 정정당당한 싸움을 하자는 제안을 받아들이지 않을 수는 없다.

"그리고 지금은 서로 체계가 안 잡혀 있지요."

"자네…… 그래서 히든이라고 한 거군."

"맞습니다."

서로 동맹도, 체계도 안 잡혀 있는 상황이다. 서로 눈치를 보면서 동맹하는 과정일 뿐이다.

하지만 선창혁이 끼어든다면?

더는 뭉그적거릴 수 없다.

그는 무서운 속도로 성장할 것이 분명하니, 손 놓고 구경만 하다가는 후보에서 탈락할 테니까.

"애초에 후계 전쟁이 시작되면 서로 눈치 볼 거라 생각했습니다. 이런 건 이합집산 할 테니까요."

"우우."

노형진은 그럴 틈을 줄 생각이 없었다.

그리고 그들이 뭉치지 않는다면 자신들에게 위협은 되지 않는다.

"설사 선창혁 씨가 진다고 해도 상대방은 힘이 다 빠질 테고, 그렇게 이긴다고 하면……."

"그러면 내가 재산을 물려줘야 하나?"

"그럴 리가요. 법원에서 친자 인정을 안 해 줄 텐데요."

애초에 그는 전혀 상관없는 사람이니 당연히 유전자가 일치하지 않는다.

법원에서 친자 확인소송을 하는 방법은 유전자 검사.

적당히 시간을 끌다가 이기면, 그때 가서 검사하면 되는 것이다.

"그러면 자동으로 계승권이 박탈되지요. 그래서 조건부 참전인 거구요."

"하하하."

유민택은 어이가 없어서 웃었다.

안 그래도 어떻게 싸움을 정리하나 고민하고 있는데 이런 식이라면 저들은 안 싸울 수가 없다.

그리고 노형진의 최대 자금줄인 마이스터가 자연스럽게 끼어들 수도 있다.

마이스터가 기존 세력과 손잡으면 그에게 무게 추가 확 기울겠지만.

"애초에 선창혁 씨는 가짜니까요."

그러니 싸움이 끝난 후에도 대룡에 영향을 주지 못한다.

"역시 자네를 선택한 것은 탁월한 선택이야."

유민택은 빙긋 웃으며 말했다.

"그러면 숙청을 시작하지요, 후후후."

⚖️

"뭐?"

대룡은 발칵 뒤집어졌다.

미국에서 한 남자가 유민택에게 친자 확인소송을 걸었기 때문이다.

"그놈이 유민택 아들이라고? 확실한 거야?"

"모릅니다. 우리가 유민택의 과거를 다 아는 건 아니지 않습니까?"

"돈을 노리는 사기꾼 아니야?"

"그럴 수도 있지만…… 지금은 그런 시대가 아니지 않습니까?"

"그건 그렇지."

잘못 알 수는 있지만 돈만 노리고 사기를 칠 수는 없다.

유전자 검사라는 확실한 방법이 있기 때문이다.

"유민택도 남자입니다. 그리고 우리가 과거에 그가 어떤 여자를 만났는지 다 알지는 못합니다."

"큭."

다들 신음성을 흘렸다.

맞는 말이다.

대룡을 일으킨 것은 유민택이지만 그 자금은 유씨 가문에서 나왔다.

즉, 유씨 가문 자체가 어마어마한 부자라는 뜻이다.

부자들이 여자들을 건드리고 다니는 것이 흔한 일이라는 것을 생각해 본다면, 부유한 젊은 시절을 보낸 유민택에게 혼외 자식 하나둘쯤 있어도 이상하지 않다.

"유 회장은 뭐래?"

"유전자 제공을 거절했습니다."

"큭."

다들 더 얼굴이 어두워졌다.

자기가 당당하다면 유전자를 제공했을 것이다. 그런데 주지 않는다는 것은, 스스로 켕기는 게 있다는 뜻이다.

"하지만 이상한 소리를 하더군요."

"이상한 소리?"

"능력이 인정된다면 자식이 될 수도 있다는……."

"염병! 결국 자기 자식이라는 소리잖아!"

"그렇습니다. 아마도 인정하는 순간 대룡이 능력이 없는 무능하고 엉뚱한 곳으로 넘어갈 수도 있으니 유전자 제공을 거절하는 것 같습니다만……."

하지만 능력이 있는 사람이라면 이야기가 달라진다.

개싸움 하는 걸 몰랐던 자식이라고 해도, 일단 자기 핏줄이다. 더군다나 지금 그의 자녀 중에서 살아남은 성인은 없다.

"후우…… 돈 몇 푼 받고 물러날 것 같지는 않은가?"

"아닐 것 같습니다, 이미 공공연하게 자신이 대룡을 물려받을 거라고 하고 다니는 걸 보니."

"젠장."

"너무 걱정하지 마십시오. 그래 봤자 세상 물정 모르는 회사원일 뿐입니다."

"그렇겠지?"

아무리 자기가 핏줄을 타고났다고 해도 무능하면 기업을 물려받지 못한다.

지금의 싸움은 그렇다.

그리고 이런 후계자 싸움은 개인의 능력보다는 뒤에 있는 세력이 더 중요하다.

자신만 해도 다른 대기업들이 슬슬 접촉하고 있지 않은가?

'그래, 그놈이 능력이 없다면 상관없지.'

유민택이 말을 바꿔서 모조리 물려줄까 봐 걱정했지만 다행히 유민택도 그런 생각은 하지 않는 모양이었다.

"일단 접촉해서 적당히 돈을 주고 물러나라고 해 봐. 개싸움을 하는 것보다는 그게 더 나을 테니까."

"꼭 그럴 필요가 있을까요?"

"쓸데없이 일을 크게 만드는 것보다는 나을 테지."

다들 고개를 끄덕거렸다.

그때 문이 열리면서 누군가 들어왔다.

그런데 그 사람의 얼굴은 평소보다 훨씬 어두웠다.

"이사님! 큰일 났습니다!"

"큰일? 무슨 큰일?"

"미국 지사에서 그 소송을 건 사람에 대해 조사해서 보내 줬는데……."

"그런데? 그래 봤자 직장인 수준이겠지. 그런 놈은 신경 안 써도 돼."

"마이스터 투자금융의 직원이랍니다!"

"뭐?"

"그것도 일반 직원도 아닌 부지점장이랍니다!"

좌중에는 침묵이 흘렀다.

"본격적으로 움직이는군."

아무리 후계자 전쟁이라고 해도 중립을 지키면서 회장에

게 보고해야 하는 곳이 있기 마련이다.

다름 아닌 비서실이었다.

"다급하게 서로 만나거나 뭉치고 본격적으로 움직인다고 하더군요."

"그러겠지. 그 나이에 마이스터의 부지점장쯤 되면 어마어마한 커리어거든."

물론 그건 명목상의 커리어다.

하지만 그것만으로도 충분히 능력을 인정받은 셈인 데다가 마이스터라는 존재가 뒤에 있다는 것을 알게 될 것이다.

"거기에다 최근에 발령받은 것을 알 테니까요. 결국 마이스터가 싸움에 끼어들 거라는 걸 알 겁니다."

"그러면 이제 어떻게 해야 하나? 전쟁은 시작되었는데 무슨 수로? 사실 자네도 알겠지만 후계자 전쟁이라는 게 짧게 끝나지 않아."

치열하게 눈치를 보면서 서로를 밟고 갉아먹으며 싸워서 짧아야 10년, 길게는 20년씩 가는 것이 후계자 전쟁이다.

그러나 노형진은 시간을 그렇게 끌 생각이 없었다.

"이번 싸움의 핵심은 자금입니다. 저들의 자금을 빼앗아 버리면 손을 털게 되는 거죠."

"하지만 무슨 수로?"

"하나씩 하는 게 좋을 것 같습니다. 일단은 외부 세력부터 잘라 내죠."

설사 일이 틀어진다고 해도, 대룡은 유씨 집안에 속해 있는 게 관리하기 편하다.

그러면 아무리 물러나도 유민택 회장의 입김이 들어갈 수밖에 없는 데다가 유영민에게 지분이 보장되니까.

"하긴, 외부로 가면 곤란하지."

한국은 전형적인 천민자본주의 국가다. 돈만 된다면 뭐든 하는 기업이 넘쳐 난다.

지금이야 대룡이 사회적으로 인정받는 기업이지만 다른 곳으로 넘어가면 더는 그러지 못할 게 뻔하니 대룡의 도움을 받아서 살고 있는 수많은 사람들이 고통받게 될 것이다.

"그러니 외부에서 들어오는 부분부터 이야기하지요."

"그래서, 어쩔 생각인가?"

"가볍게 잽부터 시작할까요? 후후후."

⚖️

얼마 후 유민택에게서 첫 번째 과제가 떨어졌다.

그 과제는 후계자 자리를 노리던 사람들에게 어마어마한 충격을 안겨 줬다.

"이게 무슨 과제입니까!"

"우리가 이런 꼴을 당해야 한다니, 말도 안 됩니다!"

언성을 높이는 사람들.

그리고 반대쪽에서도 그런 사람들에게 언성을 높이고 있었다.

"개소리!"

"유씨 집안의 기업이야! 그러니 이런 과제는 당연한 거 아닌가!"

양쪽으로 구분된 사람들을 보며 유민택은 미소를 지었다.

'그렇지. 너희들이 아무리 머리를 굴려 봐야 욕심을 이길 수는 없지.'

첫 번째 과제.

그건 다름 아닌 외부 세력에 대한 공격 능력 테스트다.

물론 그건 겉으로 보이는 부분일 뿐이다.

진짜 목적은 대룡에 들어오고자 하는 세력에 대한 공격이다.

"우리가 무슨 잘못을 했는데!"

"대룡을 외부 세력이 집어삼키려고 하는데 구경만 해? 그게 제정신이야!"

"우리는 아무것도……!"

억울한 건 외부 세력을 등에 업은 사람들이었다.

유민택이 첫 번째 과제로 제시한 것이 몇몇 기업들에 대한 공격이었는데, 사실 그곳들이 후계 싸움에 끼어들려고 하는 기업들이었기 때문이다.

"아무것도 안 했다는 건 변명이지요. 할 거니까요."

노형진은 차갑게 말했다.

조용히 있던 노형진이 입을 열자 모두의 시선이 그에게로 향했다.

"우리는 대룡입니다. 우리가 왜 성화와 수년 동안 전쟁을 했는지 기억 못 하시는 거 아닙니까?"

외부 세력과 손잡은 사람들은 입을 다물었다.

성화와의 사건. 그건 대룡에 있어서 치욕이자 역린이었다.

"그런데 아직도 정신 차리지 못하는 분들이 계시더군요. 아무것도 안 했다고요? 물론 아무것도 안 하셨겠지요. 아직은 말입니다. 그런데 생각해 보세요. 성화는 뭘 했습니까? 물론 후계자들을 죽이기는 했지만, 그건 성화의 행동이 아니라 김화자와 그 아들의 소행이었지요. 사실 그때까지 성화는 아무것도 안 했어요."

"……."

"그리고 이건 전쟁입니다. 누군가는 후계자가 되어야지요. 당연히 능력이 있는 사람이 되어야 합니다. 우리가 왜 여러분들의 사정을 봐줘야 하지요? 여러분들이 능력이 있어서 외부의 지원을 무한대로 받아서 이길 수 있다면, 바로 후계자가 되는 겁니다. 하지만 그러지 못한다면 그건 당신들이 무능하다는 뜻이죠."

"큭."

노형진이 정곡을 찌르자 외부 세력을 등에 업은 사람들은 자신도 모르게 신음성을 흘렸다.

"누구를 등에 업어도 상관은 없습니다. 결국 둘 중 하나예요. 바뀌는 건 없습니다. 상대방을 고꾸라뜨리거나, 이쪽에 고꾸라지거나."

"젠장!"

누군가 벌떡 일어나서 나가자 몇몇 사람들이 함께 나갔다.

노형진은 그들을 보면서 미소를 지었다.

"저분들은 마음의 결심을 하신 것 같네요. 다들 목표는 아셨으니까 이쯤하지요."

노형진이 씩 웃으면 말하자 다들 눈을 찌푸리거나 뭔가를 생각하면서 바깥으로 나갔다.

그 모습을 지켜보고 있던 손채림은 걱정스럽게 물었다.

"이래도 되는 거야?"

"응? 뭘?"

"아니, 대놓고 싸우라는 소리잖아?"

"애초에 후계 전쟁은 대놓고 싸우는 거야. 물론 평소에는 몰래몰래 싸우겠지만."

하지만 노형진은 가능하면 일을 크게 만들어서 쭉정이들을 모조리 쳐 낼 생각이었다.

"그리고 이건 단순히 외부와 내부의 싸움이 아니야."

"응?"

"외부 세력과 손잡은 사람들은 아무래도 정통성이 약해. 그리고 내부 세력이라고 해도 일부는 자금이 약하지."

"그렇지. 아하! 내부 세력 중에서도 쭉정이는 날아가겠구나."

"그래."

분명히 외부 세력과 손잡은 놈들이 있다. 하지만 그들은 정통성이 없으니 문제가 생길 수도 있다.

그렇다면 그걸 해결할 방법은 하나뿐이다.

내부 세력 중 일부와 손잡는 것.

"강한 세력을 가지고 있는 사람이라면 외부 세력 따위 신경 안 쓰겠지. 하지만 지금은 내부 세력이라고 해도 그들과 힘을 합치는 곳들이 존재하지."

"맞아. 내가 조사하기로도 그래. 한 70% 정도는 외부 세력과 손잡더라고."

"심리학적으로도 그렇거든."

내부 세력끼리 손잡으면 나중에 승리한 후에도 두 번째 전쟁을 해야 한다.

누가 더 먹을지를 두고 싸워야 하니까.

하지만 외부 세력과 손잡으면 그럴 이유가 없다.

적당히 주고받는 관계니까.

외부는 전적으로 집어삼키지 못할 테고, 내부는 충분한 지원을 받을 테고.

"그런데 이런 식으로 못을 박아 버리면 결국 저들은 외부 세력과 손잡지 못하게 되지."

"하지만 외부 세력이 그렇게 쉽게 손을 털까?"

"뭐, 어쭙잖은 놈들은 털겠지. 그런데 있잖아, 내가 노리는 건 단순히 그게 아니야."

"그러면?"

"수임료도 작은데 돈 좀 벌어 보자고, 후후후."

기코는 한국에서 중기업치고는 상당한 규모를 자랑하는 곳이나, 더 이상 성장할 수가 없다는 문제를 안고 있었다.

더 크자니 다른 대기업들과 싸워야 하는데 그럴 자신이 없었던 것이다.

그런 그들에게 대룡의 싸움은 천재일우의 기회였다.

대룡의 상무가 사장의 동창이자 매형이기 때문에 더더욱 그랬다.

"뭐?"

기코의 사장 장성오는 갑작스러운 공격에 정신이 아득해졌다.

"주식이 떨어져?"

"네. 대룡이 우리와의 거래를 끊었습니다."

"아니, 어째서? 대룡이 왜?"

대룡에서 일하는 매형 덕에 거래를 틀 수 있었던 그들은 지금은 상당한 규모의 거래를 하고 있었다.

그런데 갑자기 거래가 끊어졌다는 말에 장성오의 정신이 아득해졌다.

"이유가 뭐야!"

"모르겠습니다, 갑자기 연락이 와서."

"젠장!"

장성오는 다급하게 전화기를 들었다. 그리고 매형에게 전화를 걸었다.

—이 시간에 어쩐 일이냐?

"매형! 대룡이 갑자기 우리와 거래를 끊는대요! 형님 혹시 아는 거 있어요?"

—뭐? 왜? 어째서?

"우리도 모른다고요!"

—이런 젠장!

그 순간 그의 매형은 뭔가를 알아차리고는 저도 모르게 욕설을 내뱉었다.

"도대체 왜 그러는데요?"

—사실은…… 대룡에서 후계 싸움에 끼어든 외부 기업을 쳐 내라는 말이 있었어.

"뭐라고요?"

—젠장, 이렇게 빨리 움직일 줄은 몰랐는데…….

"잠깐, 매형! 이건 이야기가 다르잖아요!"

그는 분명히 여기서 이기면 자신들이 대룡을 집어삼킬 수 있다고 했다. 그리고 이미 자신들과 함께 일할 곳이 있다고 말했다.

그런데 퇴출이라니?

"그 사람들, 우리 쪽 사람이라면서요!"

—그게…….

그의 매형도 곤혹스러운 기색이었다.

그럴 수밖에 없는 게, 그는 기코와 거래하는 파트와는 관련이 없다.

그래서 후계 전쟁을 할 때를 대비해서 그쪽 사람과 이야기하고 일종의 동맹을 맺어 놨는데…….

—젠장…… 방심한 것 같다. 유민택이 그 늙은 구렁이가 노린 게 이거야.

"네? 뭐라고요? 어째서요?"

—우리를 쳐 내리라는 것까지는 예상했지만…… 기업을 지명한 것에서 알았어야 했는데…….

기업을 지명했다는 것은 그가 장성오와 손잡았다는 것을 안다는 것이다.

그런데 대룡은 성화와의 싸움 이후로 외부 기업이 자신들에게 영향력을 행사하는 것을 극도로 싫어한다.

—기코와 손잡은 걸 알고 있다는 건 계속 손잡으면 퇴출이라는 소리야! 그러면 그쪽에서 어떻게 하겠어?

"아……."

당연히 자신들의 자리를 지키기 위해 손을 끊어야 한다.

아니, 손을 끊는 정도가 아니다. 당연히 자신들을 퇴출시켜야 한다.

"허억!"

장성오는 정신이 아찔해졌다.

설마 그런 말이 나올 줄은 몰랐기 때문이다.

"그런 일이 있었다면 빨리 이야기해 줬어야 할 거 아니에요!"

—이렇게 빨리 움직일 줄은 몰랐다.

"그러면 어떻게 해요!"

기코에 있어 대룡은 최대 거래처 중 한 곳이다.

만일 대룡이 선을 끊으면 당장 주식은 폭락하고 다른 거래처를 구하는 것은 하늘의 별 따기가 될 것이다.

"형님!"

장성오는 소리를 질렀지만 사실 그의 매형 역시 할 수 있는 건 없었다.

—나도 방법이 없다고. 이제 와서 뭘 어쩌라고

"아니, 방법이 없다니요! 형님이 이길 수 있다고 하셨잖아요!"

—이렇게까지 할 줄은 몰랐단 말이다. 젠장, 일단 내가 가서 상황을 알아볼게.

그렇게 매형은 전화를 끊었다.

장성오는 그 이후로도 몇 번이나 그에게 다시 전화를 걸었지만 전화는 끝내 연결되지 않았다.

"으으……."

장성오는 얼굴이 파리해졌다.

거래가 단절된 후에 당연히 주식은 폭락했고, 대룡과 척졌다는 소문이 돌기 시작하면서 거래처들이 거래를 꺼려서 다른 곳에 납품하기 위한 자재를 구하는 것도 힘들 지경이 되었다.

"이게 다 욕심 때문이야, 흑흑흑."

장성오는 자신이 쓸데없는 욕심을 부렸다고 자책했다.

사실 매형이 회장이 된다는 터무니없는 생각에 한때 우쭐하기는 했지만, 이제 와서 보니 그 세계는 자신의 힘으로는 어쩔 수 없는 세계였다.

"신이여, 제발 한 번만 살려 주십시오. 제발요. 시키는 대로 다 하겠습니다. 흑흑흑."

주식은 어디까지 떨어질지 짐작이 가지 않을 정도로 쭉쭉 떨어지고 있었다.

대룡이 거래를 끊은 결과라고 생각하기엔 지나칠 정도였다.

그 이유는 뻔하다.

대룡의 목적은 '적'을 물리치는 것이기 때문이다.

이를 반대로 말하면, 거래를 끊는 것만으로는 부족하다는 뜻이 된다.

"사장님……."

"왜 그래, 김 상무?"

"저기…… 어음이……."

"어음?"

"네, 일주일 후에 20억짜리 어음이 만기가 됩니다. 그건 어떻게 할까요?"

"그……."

장성오는 얼굴이 사색이 되었다.

지금 그걸 메꿀 수 있는 방법은 없었다.

'이제 끝인가?'

부도가 나는 순간 자신들은 끝이다.

물론 자산을 팔아서 메꿀 수는 있겠지만 그 짧은 시간 안에 팔기도 힘들거니와 판다고 해도 급매인 만큼 제값을 받는 것은 사실상 불가능하다.

"그거…… 어음으로 못 막겠지?"

"사장님, 그렇게 되면……."

어음을 막을 수 없어서 두 번째 어음을 주는 행위.

그건 주변에 '우리 회사 망합니다.'라고 소문을 내는 꼴이다.

"그랬다가는 지금 거래처들도 다 끊어질 겁니다."

"으으으……."

"지금이라도 대룡에 고개를 숙이시는 게……."

"숙였지. 벌써 수십 번도 더 전화하고 숙였지. 하지만 방법이 없지 않나?”

딱 적으로 못 박힌 상황에서 자신들이 살 방법은 없었다.

“사장님, 손님이 오셨습니다만.”

때마침 비서가 문을 열고 들어왔다.

“손님?”

“네.”

“나 없다고 해.”

안 봐도 뻔하다. 사태의 해결을 촉구하는 주주일 것이다.

하지만 방법이 없기 때문에 그는 자리를 피하고 싶었다.

그러나 다음 순간 들리는 비서의 말에 그는 스프링처럼 일어났다.

“새론에서 나오셨다고…….”

“새론!”

새론.

대룡과 거래하는 곳이다.

그리고 성화와 대룡의 싸움을 가장 가까이에서 도와주면서 상당한 믿음을 쌓은 곳이다.

그런 곳이 자신을 그냥 찾아오지는 않았을 것이다.

“어서 들어오시라고 해!”

“네.”

비서가 후다닥 나가고 얼마 후 문이 열리면서 들어온 사람은 다름 아닌 노형진이었다.

"반갑습니다. 노형진입니다."

"안녕하십니까! 장성오라고 합니다."

장성오는 절로 고개가 팍 숙여졌다.

이미 거래가 끊어진 시점에서 자신들이 할 수 있는 건 없다.

그런데 대룡과 아주 친밀한 새론의 등장은, 어쩌면 자신들이 살아날 수 있는 기사회생의 기회일 수도 있었다.

"그런데 새론에서 어쩐 일로……?"

장성오는 작은 기대를 품고 물었다.

심장은 미친 듯이 뛰고 있었고, 노형진의 입에서 나오는 말이 세상을 바꾸는 말일 것 같다는 생각에 그의 입에서 눈을 뗄 수도 없었다.

"다름이 아니라 저희와의 거래 때문입니다."

"거래?"

"네."

"대룡에서 다시 거래해 주시는 겁니까?"

"아니요. 하지만 기회는 드릴 수 있지요."

"네?"

"저희는 지금까지 기코의 주식을 모았습니다. 현재 20% 정도 모았지요."

장성오는 침을 꿀꺽 삼켰다.

절대 적은 숫자는 아니다.

어쩌면, 자신을 해직하겠다는 이야기를 하러 온 걸까?

"저희 요구는 간단합니다. 주체를 바꾸세요."

"네?"

"저희 쪽 후계자인 선창혁 씨에게 지지를 표시할 것. 그리고 대룡에 어떠한 적대 행위도 하지 않고, 권한을 행사할 수 있는 행위를 하지 말 것. 그리고 그쪽에서 수집한 대룡의 주식 전부를 원가에 넘길 것."

"네?"

노형진의 말에 장성오는 순간 어리둥절했다.

하지만 노형진은 그저 가만히 미소만 지을 뿐이었다.

"저기, 이해가 안 되는데……."

"간단합니다. 그쪽이 나갔으니 우리도 대체 업장을 찾아야 하지요. 그때 재입찰할 수 있게 해 드리겠습니다. 물론 기존 단가보다 낮아지겠지만 망하는 것보다는 낫겠지요."

"……."

"그리고 다른 사람을 통해 권력을 행사하려고 한 사람이 그 기업의 주식을 모으지 않는다는 건 말도 안 되죠. 그걸 내놓으세요. 그러면 저희가 기회를 드리겠습니다."

"그럴 수는 없습니다."

"손해는 없을 텐데요?"

"그렇지만……."

"싫으시다면 어쩔 수 없지요."

노형진은 길게 말하지 않았다. 망설임 없이 자리에서 일어

이것이 법이다

났다.

"망하시는 수밖에요. 아 참, 우리 쪽에는 마이스터가 있습니다."

"마이스터!"

"설마 지금 주식시장에서 장난치는 게 대룡이라고 생각하세요?"

장성오의 얼굴은 사색이 되었다.

마이스터가 적이라니, 이건 생각도 못 한 일이다.

어떤 면에서는 대룡보다 마이스터가 훨씬 위협적이다.

물론 마이스터의 자산이 대룡에 비하면 적긴 하지만, 대룡의 자산이 대부분 현물인 반면 마이스터의 자산은 대부분 자금이다.

현금 자산만을 기준으로 생각하면 장성오의 기코쯤은 가볍게 망하게 할 수 있는 게 마이스터다.

"우리에게 적대하는 기업을 살려 줄 수는 없지요."

"크윽……"

장성오는 입술을 깨물었다.

하지만 이미 알고 있었다. 자신의 매형은 글러 먹었다는 것을.

가뜩이나 세력이 부족해서 연합했는데도 버려진 게 자기 매형이다. 그런데 자신이 노력한다고 이 상황에서 살아남을 수는 없다.

"물론 말도 안 되는 조건을 요구하지는 않습니다. 대룡의 가치는 상생이지 독존이 아니니까요. 하지만 인간은 실수에 대한 처벌이 없으면 같은 실수를 하기 마련이라서요."

"그……."

"어떻게 하시겠습니까?"

장성오는 고개를 푹 숙였다.

"기코는 쉽지만 말이지."

기코는 대응이 쉬웠다.

딱히 기술력을 가진 기업도, 잘라 버릴 경우 대체할 수 없는 곳도 아니기 때문이다.

하지만 그렇지 않은 기업은 대응이 어려웠다.

"다른 곳은 왜 어려운데? 똑같은 작전을 쓰면 되는 거 아냐?"

"그곳은 기코와 다르게 특허권을 가지고 있거든."

"그게 무슨 소리야?"

"우리 쪽에서도 써야 하는 곳이라는 거야."

기술이 딱히 필요 없는 기코 같은 경우에는 당연히 거래를 끊고 다른 곳으로 가면 그만이다.

하지만 특허권을 보유한 기업들은 아무리 자신들이 자르고 싶다고 해도 자를 수가 없다.

"특허를 가지고 있다고 해서 대체하지 못하는 건 아니잖아. 같은 기능을 가진 게 있을 텐데?"

"찾아보면 있겠지. 하지만 그걸 안 쓰는 건 비싸기 때문이야. 대체품을 선택하면 당연히 가격이 오르지. 거기에다 설계도 변경해야 하고. 대룡 입장에서는 손해야."

"아, 그런가? 그러면 어쩌지? 그냥 가서 물러나라고 할 수도 없으니 마이스터로 붕괴시켜?"

"그건 너무 힘들고 불확실해. 또 오래 걸리고."

저들이 과한 욕심을 낸 것은 분명히 잘못이다.

하지만 그들이 그런 건, 일이 틀어져도 대룡이 자신들을 건드리지 못한다는 자신감이 있기 때문이다.

"참 웃기네. 특허를 인정해 줬는데 뒤통수를 친 거야?"

다른 대기업들은 중소기업이 특허를 가지고 있으면 그걸 빼앗기 위해서 혈안이 된다.

하지만 노형진의 영향을 받은 대룡은 그런 행동을 하지 않았는데, 그 덕에 성공한 기업들이 오히려 욕심에 눈을 멀어서 대룡의 내부에 관여하려고 한 것이다.

"인간이 욕심을 품는 건 지금 얼마나 가지고 있는지, 그리고 힘이 얼마나 있는지와는 상관없어. 물론 야망을 가지는 거야 나쁘지 않지. 하지만 야망을 가지기 위해서는 그만큼 위험부담이 있다는 걸 인정해야 해."

"너, 마치 방법이 있다는 식으로 이야기한다?"

"방법이 없지는 않아. 다만 안 쓰려고 했을 뿐."

노형진은 어깨를 으쓱했다. 그리고 입맛을 다셨다.

"결국 인간은 발전하기 마련이거든. 그리고 우리에게는 세계의 공장이 있지."

차운성은 눈앞에 있는 샘플을 보면서 부들부들 떨었다.

그의 제품과 거의 비슷하게 생긴 물건. 그 물건이 시중에 유통되고 있었다.

아니, 유통까지는 아니다. 샘플이 뿌려진 것이니까.

"이게 중국에서 온 거라고?"

"네. 중국에 있는 기업이 한국에 있는 기업에 뿌린 샘플입니다."

"씨발……."

굉장히 비슷하지만 아주 미묘하게 다른 부품이었다.

그래서 다른 곳에서 일부 설계를 변경한다면 충분히 쓸 수 있는 그런 물건.

"장난해! 이거 누가 봐도 그 새끼들이 카피한 거잖아! 한두 번 당해!"

중국의 특허권 인식은 아주 개판이다.

그래서 잘 팔리는 걸 카피해서 무차별적으로 팔아먹는 것으로 유명하다.

"뿌리는 놈이 어딘지 알아냈어?"

"알아내기는 했는데……."

"그러면 당장 고소해!"

"그게……."

"왜 말을 못 해!"

차운성은 버럭 소리를 질렀다.

이런 걸 놔두면 자신들은 망한다.

지금까지 버틴 게 다 특허 덕분인데, 이런 식으로 특허를 침해당한다면 누가 기업을 한단 말인가?

"대룡이 관련된 듯합니다."

"뭐라고?"

"용상 수입이라고, 새로 생긴 지 얼마 안 된 기업이 있는데, 그곳에서 우리 거래처에 자료를 뿌리고 있습니다."

"어째서?"

"아무래도 고사 작전 같답니다."

"고사 작전?"

"다른 대기업들이 많이 써먹던 방법이라고 합니다. 유일하게 샘플을 안 뿌린 곳이 대룡이라고……."

"허억!"

차운성은 심장이 벌렁거렸다.

그도 대기업들에 당한 게 한두 번이 아니었기 때문이다.

그들의 방식은 간단하다. 유령 기업을 세우고 카피 제품을 제작시킨 뒤 대기업에 납품하는 것이다.

당연히 도중에 특허권 소송에 휘말리겠지만, 카피 제품을 제작한 곳과 수입한 곳과 납품한 곳이 전부 달라서 결과적으로 소송 대상이 되는 것은 최초 제작 업체뿐이기에 크게 문제 되지 않는다.

심지어는 그마저도 함정이고.

"제작은 용징이라는 곳이고, 그 용징 공장에 OEM 형태로 제작을 맡긴 곳은 상룽이라는 곳입니다. 그리고 이 상룽에 제작 발주를 맡긴 곳이 마화인데, 여기서 납품받은 곳은 용상입니다. 조사한 바로는 대룽에서 후계자 전쟁 중인 선창혁이 개입한 것 같답니다."

부하는 참혹한 얼굴로 말했다.

"그게 사실이야?"

"네."

"으읔!"

이 경우 특허권 침해로 고소를 넣어야 하는 대상은 상룽이 된다.

하지만 자신들이 고소를 넣는 순간 상룽은 폐업할 것이다. 그리고 다시 생긴 유령 기업이 똑같이 OEM을 넣을 것이다.

여기서 OEM은 주문자 생산 방식을 뜻한다.

즉, 설계도 자체를 유령 기업이 주기 때문에 생산하는 용징에는 아무런 책임도 없다.

게다가 그 사이에 마화가 있고 그다음에 용상이다. 그리고 그 뒤에 대룡이 있다면…….

"우리는 대룡을 고소할 수가 없습니다."

왜냐하면 대룡은 이 사건에서 전혀 상관없는 제삼자이기 때문이다.

대룡과 거래하는 것도 아니고, 선창혁이 이번 일에 끼어들었다는 것도 그저 소문일 뿐이다.

하지만 상대방은 확실하게 자신들의 거래처에 샘플을 뿌리고 있다.

목적은 단 하나, 차운성의 회사가 망하는 것.

"다른 기업들이 벌써 거래를 끊을 거라는 이야기가 나오고 있습니다."

중국도 마찬가지지만 한국도 돈만 된다면 뭐든 하는 곳들이 넘쳐 난다.

카피본이 있고 그걸 아무런 책임도 없이 싸게 중국에서 받아서 쓸 수 있다면 모른 척 쓸 건 당연한 일이다.

어차피 그들에게는 관심도 없는 일이고, 차운성이 망하든 말든 그건 그들과 상관이 없으니까.

특허? 가지고 있으면 뭐 하나?

대한민국이 특허를 보호하는 것은 그 특허가 대기업에 속해 있을 때뿐이다.

"크으……."

설마 다른 기업이 당하는 방식 그대로 대룡이 써먹을 줄은 몰랐다.

더군다나 그것도 대룡이 이익을 얻기 위해서가 아니라 자신들을 망하기 위해서라니.

거기까지 생각이 미치자 정신이 퍼뜩 들었다.

자신들이 대룡과 계속 거래할 수 있었던 것은 자신들이 잘나서가 아니라 대룡이 법대로 한 덕분이라는 황당한 이유라는 것을.

"끄으으으……."

법을 안 지키면 돈을 안 줄 방법은 많다.

실제로 대기업에는 아예 특허권을 빼앗는 팀이 존재하고, 그로 인해 수많은 중소기업이 특허권을 빼앗기고 망해 갔다.

"내가 무슨 짓을 한 거지?"

지금의 대룡은 중소기업과 상생하면서 성장했다.

하지만 대룡이 후계자 전쟁 모드에 들어가면서 오로지 돈과 성장만 바라는 다른 기업과 다를 바가 없는 상황이 되어 버렸다.

"사장님, 아무리 대룡이 우리 물건을 사 준다고 하지만 다른 곳이 거래를 끊는다면……."

"으으으으……."

사실 다른 기업들이라고 기존에 빼앗던 짓을 안 하려고 했던 건 아니다.

대룡과 거래한다고 해서 다른 곳들도 착하게 구는 건 아니니까.

하지만 대룡은 자신들과 거래하는 중소기업을 위해 법률적 지원을 많이 해 주는 편이었고, 대룡과 새론을 뒤에 두고 있는 그들의 물건을 카피해서 몇 푼 아끼려고 하다가 그것보다 몇 배는 더 피를 본 다른 기업들이 포기한 것뿐이다.

"이제 대룡은 도와주지 않는다는 건가?"

대룡의 후계자라는 작자가 이런다는 걸 다른 사람들이 모를 리 없다.

따라서 이는 대룡이 도움을 주지 않기로 하였으며, 그로 인해 자신들이 최악의 상황에 처했다는 소리가 된다.

"내가 무슨 짓을…… 흑흑흑……."

차운성은 그제야 눈물을 흘렸다.

자신을 지원해 주면 권력을 나눠 준다는 이사의 말에 혹해서 힘을 실어 주기는 했지만, 생각해 보니 자신들이 잘나서 살아남은 게 아니라 대룡이 살아남을 수 있게 도와준 것이었다.

하지만 자본만을 추구하는 대룡이 된다면 과연 자신들을 살려 줄까?

사실 자신들이 대룡의 자본을 가지고 있는 것도 아닌데 자신들을 도와줄 이유는 없다.

"크흑……."

차운성이 그렇게 후회의 눈물을 흘릴 때 누군가 찾아왔다.

"잠깐만요! 거기는 들어가시면 안 돼요!"

울려 퍼지는 여비서의 목소리를 뒤로한 채 안으로 들어온 사람은 다름 아닌 노형진이었다.

"노 변호사님?"

차운성은 어리둥절했다.

노형진이 왜 여기에 온단 말인가?

자신들을 공격하기 위해 대룡에서 뭔가 한 게 아니었던 건가?

"저기요!"

"아니야. 중요한 손님이니 나가 봐. 아니, 커피라도 한 잔 타 와."

다급하게 부하 직원과 여비서를 내보낸 차운성은 바로 눈물을 닦고 정좌를 했다.

"여기까지 무슨 일이십니까?"

"다름이 아니라 특허권 침해가 이루어지고 있다고 해서요."

"네?"

차운성은 어리둥절했다.

지금 이 사건의 주범은 선창혁이라고 들었다. 그리고 그는 대룡의 사람이다.

그런데 대룡에서 도와주러 왔다니?

"중국에서 귀사의 특허 물품을 복제하고 있다고 들었습니다. 당연히 저희는 귀사의 특허권 보호를 하기 위해 온 거구요."

"하, 하지만……."

"물론 공짜는 아닙니다."

노형진은 씩 웃으며 말했다.

그러자 차운성은 이 모든 게 함정이라는 사실을 알아차렸다.

"설마…… 지금까지 벌어진 모든 일이……."

"지금까지 벌어진 모든 일이 뭐요? 무슨 말씀을 하시려는 건지?"

"……."

차운성은 입을 다물었다.

말 그대로 병 주고 약 준다는 건데…….

'문제는 약을 저들이 쥐고 있다는 것…….'

약을 받지 못하면 자신들은 죽는다.

그걸 깨달은 차운성은 입술을 깨물었다.

"저희가 무엇을 어떻게 해 드리면 될까요?"

⚖

"와…… 진짜 사람을 말려 죽이는구나."

노형진이 카피를 해서 무차별적으로 뿌려서 말려 죽일 것처럼 제스처를 취하자 특허를 가지고 있던 기업들은 바로 꼬리를 말았다.

자신들이 아무리 생각해도 쓸데없는 욕심을 부린 게 확실했기 때문이다.

"말려 죽이다니. 살짝 현실을 알려 준 것뿐이지."

노형진은 싱긋 웃었다.

"그런데 왜 하청 업체들이 이번 싸움에 끼어든 거야?"

"너 같으면, 전혀 관련 없는 곳에서 날 지원해 주면 대룡을 너와 나누겠다고 하는 걸 믿겠냐?"

"아하!"

"결국 이 상황의 원인은 하청의 욕심도 있지만 그들이 하청인 것도 있어. 그래서 내가 망하게 하는 것보다는 손 떼게 하는 걸 선택한 거고."

그들은 하청이다. 그리고 그들에게 지원을 요청하는 사람들은 최소한 상무, 보통 이사급 이상의 권력자들이다.

그런 이들이 지원을 요청했는데 거절을 한다?

그러면 당연히 하청에서 쫓겨날 것이다.

그들을 망하게 하는 데에는 충분한 힘을 가진 사람들이니까.

"그들도 욕심이 있었겠지만, 설혹 욕심이 없었다 해도 끼어들 수밖에 없는 현실적인 부분도 있었어."

노형진은 씩 웃으면서 말했다. 그리고 고개를 돌렸다.

회의실에서는 휠체어에 앉아 있는 유민택에게 자신들의 실적을 보고하는 회의가 한창이었다.

"에넬과의 거래를 끊고 그들의 대출을 동결했습니다."

"저는 비센을 부도 직전까지 몰아붙였습니다."

"쎄리엔은 1차 부도를 냈습니다."

희희낙락하면서 자신들의 실적을 보고하는 사람들.

노형진은 그걸 보면서 왠지 씁쓸했다.

'저런 놈들이 기업인이라니……. 나라 꼴 참 잘 돌아간다.'

한 개의 기업이 망하면 그 아래 있는 수많은 사람들이 고통받는다.

물론 망해야 하는 기업도 존재하기는 한다. 하지만 살릴 수 있는 기업은 살려야 한다.

그러나 저들은 자신들의 권력을 위해 무차별적으로 회사들을 공격하고 있었다.

그렇다고 다 몰아낸 것도 아니다.

진짜로 자신들이 손댈 수 없는 거대 기업들에는 손도 대지 않고 있었다.

"음……."

유민택은 그 말을 들으며 아무런 말도 하지 않았다.

그리고 드디어 마지막에 보고하기 위해서 선창혁이 일어났다.

"일단 제 보고 사항은 이렇습니다. 기코는 계약을 해지했지만 추가 입찰 권한을 주기로 했습니다. 물론 기존 조건보다 훨씬 박해질 것이라 생각합니다. 그 대신 추가적으로 대룡에 끼어들지 않겠다는 각서를 공증받았습니다. 그리고 에넬 역시 기코와 같은 조건으로 입찰할 수 있도록 이야기해 났습니다. 비셴은 대출을 받을 수 있도록 추가 지원을 했고, 쎄리엔은 1차 부도 후 정부에 법정 관리를 신청할 수 있도록 했습니다."

"뭐라고요?"

"이 새끼 뭐야!"

"지금 뭐 하는 짓거리야!"

자신들이 했던 모든 행동을 사실상 무위로 돌렸다는 말에 다른 후보들은 화가 나서 벌떡 일어났다.

사실 선창혁이 후계자로서 참전은 허락받았지만 회사 내부에서 중요한 자리에 있는 게 아니라서 유민택이 어느 정도 재량권을 주기는 했다.

그러나 아무리 그렇다고 해도 자신들이 한 모든 일을 무위로 돌릴 줄이야.

"이 새끼가 미쳤나!"

"지금 장난해! 우리를 집어삼키려고 한 놈들이 만만해 보여!"

소리 높이는 사람들을 보면서 노형진은 피식 웃었다.

"기업을 운영하려면 숲을 봐야지, 나무를 보면 안 되지요."

"뭐야?"

노형진이 끼어들자, 순간 언성을 높였던 후보자들은 입을 다물었다.

노형진은 어찌 되었건 유민택 회장의 대리인이다. 자신들이 화가 난다고 해서 자를 수 있는 사람이 아닌 것이다.

"여러분들은 회사를 방어하고 상대방을 공격하라고 의뢰를 받았습니다. 그렇지요?"

"그랬지."

"그래서 뭐? 우리는 충분히 제대로 했잖아?"

"우리가 뭐 잘못한 거 있어?"

"잘못한 거요? 있지요. 아주 크게 잘못하셨지요."

노형진은 미리 준비된 서류를 꺼내 들었다. 그리고 천천히 그걸 읽기 시작했다.

"기코부터 시작해서 에넬, 쎄리엔 등 총 마흔두 개 기업을 공격하셨고 그들 기업과의 거래를 끊으셨네요."

"그래! 회사를 집어삼키려고 한 놈들인데 가만둬?"

'웃기고 자빠졌네.'

그걸 하는 건 자신들이면서 남이 할 때는 화내는 그들을 보면서 노형진은 진짜 적반하장이라고 생각했다.

그래 봤자 다음 말에 그들은 아무런 말도 하지 못했지만.

"그들이 납품하는 물품을 기준으로 현재 대룡에서 생산하는 제품을 보자면 원자재의 재고를 생각했을 때 총 백스무 개 상품, 매달 700억 원 이상의 물품 생산이 멈추는데요?"

"뭐?"

"이건 최소한입니다, 최소한."

노형진은 손채림에게 신호를 보냈다.

그러자 그녀는 불을 끄고는 미리 준비한 차트를 화면에 비추었다.

"생산 물품을 대체할 수는 있겠지요. 하지만 대체할 수 있다는 게 바로 다음 날부터 다른 기업에서 물품이 들어올 수 있다는 뜻은 아닙니다. 재고가 없으면 당연히 생산이 멈추지요. 그런데 재고 생각은 안 하고 무조건 거래를 끊습니까? 거기에다 한두 개도 아니고 수십 개를 한꺼번에 끊는데 그중 하나라도 확보하지 못하면 생산은 꿈도 꾸지 못하지요. 세 달이라고 이야기했지만 그건 어디까지나 최소한입니다. 바로 대체 업장이 있고 또 그곳에서 바로 생산할 수 있는 설비를 갖출 수 있다는 가정하에 말입니다. 혹시 여기에 대체 업장에 대해 아시는 분? 제가 지금까지 들은 바로는 대체 업장 이야기를 하신 분이 한 분도 안 계시던데요."

"허억!"

후보들은 눈을 크게 떴다.

자기만 생각하다 보니 전체적으로 생산 자체가 불가능해진다는 사실을 망각한 것이다.

"으으으……"

한두 개만 자재가 비어도 생산이 흔들리는 게 현대의 대량 생산이다.

그런데 반격한답시고 무차별적으로 거래를 끊어 버린다면 자연히 대룡에 치명적인 문제로 이어진다.

"그에 반해 선창혁 씨는 기존 업체들을 설득해서 기존보다 훨씬 유리한 조건으로 재계약을 했습니다. 그들은 대룡에 끼어드는 것을 포기했을 뿐만 아니라 기존 조건보다 더 마이너스인 조건도 받아들였지요."

"……."

"거기에다 여러분들은 특허를 가진 기업은 손도 안 대셨던데요? 단순 생산이 아닌 특허 쪽 기업에서 백기를 받아 온 것은 선창혁 씨 한 명뿐 아닌가요?"

"으으윽!"

다들 노형진의 말에 아무런 대꾸도 하지 못했다.

자신들이 봐도 이번에 자신들이 한 실수가 너무 컸기 때문이다.

자기들의 입장만 생각한 나머지 하마터면 대룡에 어마어마한 피해를 입힐 뻔했다.

"나는 말이야."

유민택은 의자에 앉은 채로 천천히 입을 열었다. 그리고 차갑게 말했다.

"우리 회사를 지키라고 했지, 말아먹으라고는 안 했네."

후보들은 고개를 푹 숙일 수밖에 없었다.

다음 권으로 이어집니다

200평 초대형 24시 만화방

수면실
(침대식) — 사우나석

다인석 — 샤워실

세탁기 — 신간100%

📖 수원 인계동점

TEL : 031-226-3771
수원시 팔달구 인계동 1041-11 3층 24시 만화방

📖 의정부점

TEL : 031-856-3971
경기도 의정부시 의정부동 197-13 3층

📖 주안점

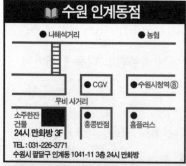

TEL : 032-426-2871
인천광역시 주안남부역 지하상가 4번 출구 GS25시 건물 6층

📖 안양점

TEL : 031-466-3771
경기도 안양시 안양동 674-163 조이당구장건물 2층

ROK MEDIA
로크미디어
국회의원 이성윤
ROK MODERN FANTASY STORY
이해날 현대 판타지 장편소설
『어게인 마이 라이프』『판사 이한영』에 이은
이해날표 정치물 신작!
『국회의원 이성윤』
한국 정치에 관한 예지몽을 꾼 이성윤
미래를 뒤집기 위해 비주류를 당선시키고
능구렁이 재벌 의원과 연합하며
정치계의 킹메이커로 떠오르다!
하지만 꿈속의 철천지원수와 맞닥뜨리며
예측 불허의 상황에 빠져드는데……
그가 향하는 곳에 새 시대의 대통령이 있다?
어디서도 보지 못한 정치판이 펼쳐진다!